Jan Weiler
Und ewig schläft das Pubertier

Jan Weiler

UND EWIG SCHLÄFT
DAS PUBERTIER

Illustriert von Till Hafenbrak

PIPER

Mehr über unsere Autoren und Bücher:
www.piper.de/literatur

Die Texte in diesem Band erschienen als Kolumnen unter
dem Titel » Mein Leben als Mensch « in der *Welt am Sonntag*
sowie unter www.janweiler.de.

Ein Dankeschön an Marcel Vega
für den schönen Titel dieses Buches

ISBN 978-3-492-05772-1
© Piper Verlag GmbH, München 2017
Einband- und Innenillustrationen: © Till Hafenbrak
Satz: Kösel Media GmbH, Krugzell
Druck und Bindung: CPI books GmbH, Ulm
Printed in Germany

UND EWIG SCHLÄFT DAS PUBERTIER

DER SCHLÄFER

Manchmal kann ich nicht schlafen. Es ist dann nichts Besonderes, aber ein Gegrübel legt sich über meine Müdigkeit, und ich denke über alles Mögliche nach, zum Beispiel über die Veränderungen bei uns zu Hause. Die Kinder werden immer größer. Manchmal brauchen sie mich überhaupt nicht mehr. Es ist nicht zum Aushalten. Der Vater als Instanz, als erfahrener Lehrer in den Dingen des Lebens, als eine Art Meister Yoda im familiären Sternenkrieg. So sehe ich mich gerne. Leider betrachten mich meine Kinder ganz anders, nämlich als möchtegernautoritäre Nervensäge mit zweifelhaftem Musikgeschmack.

Dabei würde ich meinen Kindern so gerne noch Sachen beibringen. Aber das klappt nicht mehr. Vor einiger Zeit zum Beispiel stellte mir Nick eine Frage zur Französischen Revolution. Ich liebe die Französische Revolution. Schon wegen der Klamotten. Und wegen Danton. Also begann ich, mit großer Begeisterung alles zu erzählen, was mir noch einfiel. Zum Beispiel fasziniert mich die Tatsache, dass die Regenten der damaligen Zeit unfassbare Ferkel waren. Sie verrichteten ihr Geschäft gerne direkt in den Salons ihrer Paläste, überpuderten ihre Körpergerüche, anstatt sich zu waschen, und hatten Zähne wie Gollum. Ebenfalls sehr eindrucksvoll fand ich immer, dass der ermordete Jean Paul Marat einen sehr coolen Turban in der Badewanne trug. Mein Sohn hörte geduldig zu, um schließlich mitzuteilen, das sei alles ganz interessant, er habe aber nur wissen wollen, wer beim Sturm auf die Bastille befreit wurde. Wusste ich natürlich nicht und verwies auf Wikipedia. Das ist ja eigentlich der größte Jammer: Wenn man schon mal etwas beitragen kann, ist es nicht gefragt. Und wenn man gefragt wird, kann man nichts beitragen.

Ich habe mich weitgehend damit abgefunden und konzentriere mich auf geheime Fähigkeiten, die ich an mir entdeckt habe und die ich vor meiner Frau und den Kindern verberge wie Superkräfte, von denen niemand wissen darf. Zum Beispiel kann ich meine Familienmitglieder am Reinkommen erkennen. Gut, es sind nur drei, manchmal auch vier, denn Carlas Freund Alex darf inzwischen auch ohne sie ins Haus und betritt es meistens durch die unabgeschlossene Terrassentür, was ich etwas merkwürdig finde. Wir haben nie darüber gesprochen. Das Haus hat eine Klingel. Er könnte auch einen Schlüssel von uns haben. Aber er kommt durch den Garten und steht dann plötzlich wie der Sensenmann mit dem Brotmesser in der Hand in unserer Küche.

Jedenfalls kann ich meine Familie an Eigenheiten ihres Reinkommens erkennen. Bei Sara höre ich den Schlüsselbund und das Geräusch, wenn sie einen Kleiderbügel in die Garderobe hängt. Carla hingegen benutzt keine Kleiderbügel. Dafür geht sie, nachdem sie das Haus betreten hat, aufs Klo. Das eben war eindeutig unser Nick. Er ist am einfachsten zu erkennen. Er wirft die Tür zu, *wumms*. Dann lässt er den Rucksack fallen, *rumms*, dann geht er ins Wohnzimmer, *schlurf*, und sinkt auf die Couch hinab, was ein nicht näher beschreibbares Plumps-Geräusch macht, das lautmalerisch ungefähr klingt wie *sack*.

Manchmal hört man vorher noch die Kühlschranktür, aber meistens nur *sack*. Dann muss man schnell sein, wenn man ihn sprechen möchte,

denn innerhalb weniger Augenblicke ist er eingeschlafen. Seine Müdigkeit ist legendär. Letzte
Woche war ich mit ihm im Teppichhaus. Er
wünschte sich einen flotten Bodenbelag für sein
Zimmer. Dieses Zimmer heißt im internen Sprach-
gebrauch nur noch: die Schläferzelle. Wir waren
also im Teppichhaus. Die Ausstellungsstücke lagen
in großen weichen Stapeln herum. Ich lief mit Nick
durch die Reihen, wir fassten Teppiche an, begut-
achteten die Qualität, Muster und Farben.

Ich prüfte, streichelte und redete vor mich hin.
Dann entdeckte ich einen sehr schönen Teppich
und sagte: »Was ist mit dem hier? Weich und
hochflorig. Hochflorig ist super. Das bedeutet, dass
die Chipskrümel ungestört einen eigenen Knab-
berzeug-Staat da drin errichten können. Nick.
Nick?« Ich drehte mich um, aber mein Sohn war
weg. Ich entdeckte ihn schließlich in dreißig Metern Entfernung, wo er auf einem Turm aus Teppi-
chen des Modells »Harmonie« Platz genommen
hatte, um sofort in embryonaler Stellung ein Nicker-
chen zu beginnen. Wir haben uns dann für diesen
Teppich entschieden und fuhren nach Hause.

Der Teppichkauf war so anstrengend, dass Nick
sich nicht bloß währenddessen, sondern auch da-

nach ein wenig hinlegen musste. Dasselbe muss er auch nach der Schule, nach dem Training, nach dem Essen und nach dem Duschen sowie vor der Schule, vor dem Training, vor dem Essen und vor dem Duschen. Manchmal machen Sara und ich uns Sorgen. Neulich ist er in der Schlange bei McDonald's eingeschlafen. Ich musste ihn wecken und seine Bestellung aus ihm herausschütteln. Nick erinnert mich an den berühmten Wanja aus einer Geschichte von Otfried Preußler. Wanja verpennt darin Jahre seines Lebens, die er im Wesentlichen schlummernd auf einem Ofen verbringt. Wenn er wach ist, futtert er Sonnenblumenkerne. Eines Tages steht er auf, zieht los und wird am Ende Zar von Russland. Letzteres ist von unserem Nick nicht zu erwarten, und ich will auch gar nicht, dass er Zar wird, weil Zaren historisch betrachtet eine kurze Lebenserwartung haben. Es würde mich aber freuen, wenn er mich beim Sprechen wenigstens nicht immer angähnen würde. Forscher sprechen dieser Symptomatik einen gewissen Krankheitswert zu, manchmal ist dann die Rede von Narkolepsie, an der Nick jedoch nicht leidet. Er kann nämlich überraschend aufgeweckt sein, wenn es ihm Spaß macht oder das Wachsein sich lohnt.

Unser Arzt sagte dann auch, die ganze Sache habe bei ihm mit dem Melatoninspiegel zu tun. Und dass die Jugendlichen eben allgemein abends früher ins Bett müssten. Wenn sie dies beherzigten, sei der Spuk schnell vorbei.

Es gibt auch mindestens einen sehr sympathischen Aspekt an der Dauermüdigkeit unseres Kindes, den man mit einem Zitat gut veranschaulichen kann. »Im Kino einzuschlafen bedeutet, dem Film bedingungslos zu vertrauen«, hat der Filmkritiker Michael Althen einmal bemerkt. Dieses Bonmot lässt sich aufs ganze Leben anwenden: Ständig einzupennen bedeutet, dem Leben bedingungslos zu vertrauen. Dies ist am Ende eine wirklich beruhigende Erkenntnis. Schlaft schön, liebe Kinder. Wenn ihr aufwacht, liegt immer noch das ganze Leben vor euch.

ALLTAG BEI UNS

Eine halbe Stunde nachdem Nick sich hingelegt hat, kommt seine große Schwester nach Hause. Carla ist inzwischen siebzehn, und manchmal ist sie auch schon vierzig. An anderen Tagen aber auch erst sechs. Ich höre immer genau hin, wenn sie nach Hause kommt und versuche anhand der Geräusche, auf ihr momentanes Alter zu schließen. Dann gehe ich in die Küche und spreche sie an. Ich liebe es, mit ihr zu quatschen, denn das ist meistens inspirierend. Gerade teilte sie mir mit, sie habe auf dem Fahrrad vor lauter Kälte Knusperöhrchen bekommen. Wahrscheinlich hat sie das Wort soeben erfunden. Zum Dank für diese feine Wendung mache ich ihr einen Kakao.

Gleich anschließend geht es um die Frage, ob sie sich beim Lernen für Französisch oder Mathe entscheidet. In einem der beiden Fächer wird sie unweigerlich bei einer Fünf landen, denn sie kann ihre Entlassungsproduktivität nur entweder auf das eine oder das andere richten. Lernt sie also Mathe, wird es in Französisch nicht reichen und umgekehrt. Bei der Entscheidung spielt letztendlich keine Rolle, welche der beiden Disziplinen sie später dringender braucht. Sie hat mir erklärt, dass sie bei der Partnerwahl notfalls auf jemanden zurückgreift, der einen Taschenrechner bedienen kann, und dass sie nicht vorhat, jemals im Leben nach Frankreich zu reisen, weil die Franzosen uns eh nicht leiden könnten.

Ihre Entscheidung, sich in Mathematik reinzuhängen, trifft sie schließlich mit emotionaler Intelligenz. Sie hat nämlich festgestellt, dass die Mathelehrerin die gleichen Schuhe trägt wie sie. Da ist also auf der Beziehungsebene eine gewisse Verbundenheit, was man vom Französischlehrer nicht unbedingt sagen kann, denn dieser trägt ganzjährig Sandalen, die aussehen wie die Vorderflosse eines Ichthyostega. Carlas Entscheidung gegen Französisch wird übrigens von vielen französischen Schulkindern geteilt. Die sind in Rechtschreibung inzwischen so schwach, dass ihnen der inkorrekte Einsatz von Akzenten auf ihren e's nicht mehr angekreidet wird.

Ich höre mir das alles an und beobachte mein

Kind, das gerade so abgeklärt, so enteilt, so erwachsen wirkt. Dann wird ihr warm. Sie zieht ihre Jacke aus, lässt diese auf den Boden fallen, schreitet zum Kühlschrank und wirft einen missbilligenden Blick hinein. Innerhalb von höchstens sieben Sekunden ist sie um Jahre gejüngert und höchstens noch dreizehn. Vielleicht vierzehn. Sie beschwert sich in höchster Dringlichkeit darüber, dass in dem verdammten Kühlschrank nichts drinne sei, was man einfach so essen könne. Ich weise sie ernährungspädagogisch in Bestform darauf hin, dass sich im Kühlfach Möhren befänden, die man zweifelsfrei einfach so essen könne. Sie schließt den Kühlschrank und schimpft, diese Antwort sei ein Beleg dafür, dass man mit mir nicht reden könne. Ich würde einfach nichts kapieren. Ich sage, dass auch noch ein Kohlrabi da sei, aber sie geht grußlos in ihr Zimmer, um ein Voodoo-Püppchen zu quälen. Jedenfalls tut mir dann der rechte Unterarm weh.

Eine halbe Stunde später störe ich sie beim Multitasking: Sie verfolgt einen Youtube-Kanal, zupft dabei ihre Wimpern, telefoniert und fertigt Hausaufgaben an. Das sind vier Tätigkeiten, die man ausgezeichnet miteinander verbinden kann. Man spart viel Zeit und könnte sogar noch etwas essen, wenn denn irgendwas im Haus wäre. Jedenfalls habe ich Bock auf Remmidemmi, also frage ich sie, ob sie im Rahmen ihrer beruflichen Tätigkeit als Tochter womöglich die Entrümpelung und Säuberung ihres Zimmers auf die Tagesagenda setzen könne. Ich finde das sehr feinfühlig. Andere Väter reißen die Tür auf und grunzen: »Aufräumen.«

Carla reagiert ablehnend und behauptet mit Blick auf ihr Handy, sie habe Wichtigeres zu tun. Das ist wohl richtig. Die Erfindung des Internets und die Versorgung der Kinder mit Smartphones haben dazu geführt, dass alle Kinder immer Wichtiges zu tun haben. Das löst bei den Erwachsenen ambivalente Gefühle aus, denn einerseits hält die stete Beschäftigung mit Mobiltelefonen die Kinder davon ab, Matheformeln zu lernen. Andererseits haben die Pubertiere aber auch keine Zeit für Einbruchdiebstahl oder den Konsum von Amphetaminen, wenn sie ständig Nachrichten verschicken und sich gegenseitig Hasenohren aufsetzen müssen. Das ist doch eigentlich eine ganz gute Nachricht. Unsere Kinder sind manchmal langweilig, das schon. Aber ungefährlich. Ungefährlicher als wir vor 35 Jahren. Wir mussten ununterbrochen rebellieren, denn wir hatten keine Handys. Wir hatten nur Maultrommeln für die Fernverständigung und Süßholz als Droge. Wenn es in meiner Jugend bereits Internet und Handy gegeben hätte, würde ich mich heute auf dem kognitiven Stand eines Fischotters bewegen.

Nick hilft mir später, den Tisch zu decken, dabei vertraut er mir ein Geheimnis an. Es geht um eine dieser wundervollen Lehren des Lebens, um einen jener magischen Augenblicke, wo der Groschen fällt und sich ein jahrelanges Missverständnis in Luft auflöst. Ich habe zum Beispiel erst im Erwachsenenalter kapiert, dass eine Postsendung, die per Nachnahme zugestellt wird, nichts mit dem Nachnamen des Empfängers zu tun hat, sondern mit dem Bezahlen. Und Nick erzählt, wie er nach dem Aufwachen aus seinem Nachmittagsnickerchen im Rahmen eines unerklärlichen Geistesblitzes überrissen habe, dass es nicht Grinskontrolle, sondern Grenzkontrolle heiße.

Und ich habe mich früher im Urlaub immer gewundert, warum er am Flughafen so albern gegrinst hat, jedesmal wenn die Pässe kontrolliert wurden.

IM PUBERTIERLABOR: MUTATIONEN

Über die Jahre ist die Arbeit im Pubertierlabor immer interessanter und vielfältiger geworden. Das liegt vor allem daran, dass es nicht mehr nur ein weibliches Beobachtungsobjekt gibt, sondern inzwischen auch ein männliches, denn Nick hat sich mittlerweile ebenfalls vollständig in ein Pubertier verwandelt. Die beiden Pubertiere befinden sich am Tag zeitweise sowie ganznächtig in zwei eigenen Laborräumen, welche nebeneinander gelegen in der oberen Etage des Hauses zu Experimenten und Langzeitstudien einladen.

Im Zuge seiner langjährigen Forschungsarbeit auf dem Gebiet der Pubertierwissenschaft hat der Versuchsleiter gerade festgestellt, dass sowohl männliche als auch weibliche Pubertiere bei Bedarf kurzfristig zu anderen Erscheinungsformen mutieren und dabei Habitus und Aussehen anderer Tiere täuschend echt imitieren können. In der Science-Fiction-Sprache nennt man solche Geschöpfe »Formwandler«, und man kann sie nur mit silbernen Gewehrkugeln zur Strecke bringen. Das ist allerdings verboten und auch nicht im Sinne des Versuchsleiters, der eigentlich gerne mit seinen beiden Pubertieren Nick und Carla in einer Versuchsanordnung lebt, auch wenn man sich an die Gerüche gewöhnen muss. Und auch wenn es manchmal zu dramatischen Veränderungen der Kinder kommt.

Vom männlichen Exemplar Nick sind Verwandlungen in einen Vielfraß und in einen tasmanischen Teufel bekannt. Letztere Ausprägung findet in der Regel nach dem Genuss von Energydrinks statt. Diese sind im Pubertierlabor streng verboten, werden aber heimlich an der Tankstelle erworben, wofür der Versuchsleiter dem Tankwart gerne mal eine scheuern würde. Nach dem Genuss von zwei Dosen »Monster« ist Nick dazu in der Lage, die Treppe in weniger als zwei Sekunden nach oben zu laufen. Runter geht in einer halben Sekunde. Ebenfalls bereits beobachtet wurde seine Verwandlung in einen jüngeren Braunbären, als welcher er gerne Blumenvasen mit dem Hinterteil umstößt oder vier Esslöffel Honig über sein Müsli kippt.

Auch Carla kann die Gestalt wechseln. Oft

nimmt sie jene eines Rohrspatzes an, ihre Schimpf-tiraden gelten in der Regel mir, und die Ursachen sind vielfältig: keine Avocados im Haus, Föhn nicht da, Party am Samstag abgesagt, Taschengeld bereits am Zehnten des Monats alle. Übergibt der Versuchsleiter zu Testzwecken in diesem Fall einen Zehn-Euro-Schein, wird aus dem Rohrspatz bin-nen Sekunden ein zutraulicher Schmetterling, der den Forscher auf das Sanfteste umturtelt, um dann bis auf Weiteres Richtung Stadt zu entweichen.

Carla kann sogar noch viel kleiner werden und zu einer Mücke mutieren. Das klingt harmloser, als es ist. Hier ist das Wort des weisen Dalai Lama zu beachten, welcher sagte: »Falls du glaubst, dass du zu klein bist, um etwas zu bewirken, dann versuche mal zu schlafen, wenn eine Mücke im Raum ist.« Auf das Habitat des Versuchsleiters übertragen, be-deutet es, dass es unmöglich ist, in Ruhe die Zei-tung zu lesen, wenn die zur Mücke gewandelte Tochter im Zimmer herumschwirrt und über den Sinn der Fußball-Europameisterschaft diskutieren will.

Und erst gestern hat der Versuchsleiter eine neue Darreichungsform seines weiblichen Puber-tiers entdeckt. Beim Betreten des Wohnzimmers

stellte er nämlich fest, dass sich Carla vor dem Fernseher in eine Kegelrobbe verwandelt hat. Was der friesischen Kegelrobbe die Sandbank, ist Carla die Wohnzimmercouch. Sie hält in der einen Hand die Fernbedienung und in der anderen ihr Handy. Vor der Couch liegen Joghurtbecher und eine halbe Tafel Schokolade. Als sie den Versuchsleiter erblickt, lässt sie sich nicht analog zur Flucht einer Robbe ins Wasser auf den Teppich fallen, um zu entkommen, sondern stößt lediglich eine Art Grunzlaut aus. Der Versuchsleiter entnimmt dieser Äußerung, dass sie zeitnah gefüttert werden will. Dann widmet sie sich wieder dem Fernsehprogramm.

Dort gibt es »Die Trovatos«. Das sind stark dialektgeprägte Privatdetektive, die in einem Milieu ermitteln, in dem alle Menschen immer brüllen. Oder heulen. Oder anderen Prügel androhen. Alle Männer sind tätowiert, und alle Frauen rauchen. Diese Reality-Soap ist streng auf die kognitiven Belastungsgrenzen von Kegelrobben abgestimmt, und man wünscht sich beim Zuschauen, dass eine Neutronenbombe aufs Rheinland fällt und der Schreierei ein Ende bereitet. Aber unsere Kegelrobbe liebt die Trovatos.

Der Versuchsleiter begibt sich in die Küche und

bereitet gesunde Lebensmittel zu, um der intellektuellen Zersetzung des töchterlichen Gehirns mit Vitaminen entgegenzuwirken. Als er fertig ist, ruft er ins Wohnzimmer, dass sie den Tisch decken soll. Es erfolgt aber keine Reaktion. Er ruft noch einmal. Nichts. Also geht er nachsehen. Die Tochter ist weg. Jedenfalls scheinbar. Tatsächlich hat sie sich jedoch der Farbe und Gestalt der Couch vollständig angepasst. Wenn Gefahr in Form von lästigen Aufgaben droht, verwandelt sie sich blitzschnell in ein Chamäleon.

MEINE FAHRLEHRERIN

In den Augen der Kinder wird man immer kleiner, je älter sie werden. Irgendwie logisch. Ihr Horizont öffnet sich. Es ist faszinierend, wie sie immer weiter schauen, wie sie über die Armaturen hinweg auf die Straße des Lebens sehen und mehr und mehr von der Welt mitbekommen. Und von der Straßenverkehrsordnung. Es ist nämlich so, dass Carla in die Fahrschule geht. Und seitdem bin ich ihrer ständigen Kritik ausgesetzt.

Das war schon vorher so und gilt auch für Nick. Er ist noch nicht ganz angeschnallt und meckert bereits übers Unterhaltungsprogramm. Mein Musikgeschmack sei *lame,* und er wünsche, dass ich einmal auf zwei Rädern um die Ecke biege. Das müsse ja wohl bitteschön drin sein. Die Tatsache, dass ich auch nicht über zehn brennende Schrottautos springe und nicht an *drive-by-shootings* teilnehme, veranlasste ihn schon öfter, mich einen Oldtimer zu nennen. Carla hat beim Thema »Auto«

ein anderes Reibungspotenzial entdeckt. Sie maß-regelt mich. Sie straßenverkehrsordnungsmaßregelt mich. Kaum sitzen wir im Wagen, fragt sie mich, was ich jetzt vorhabe: »Ich fahre zu Tengelmann, solange es ihn noch gibt«, sage ich. »Falsch!«, kräht sie los. »Du vergewisserst dich, dass Innen- und Außenspiegel richtig eingestellt sind. Und du machst einen Kontrollgang um deinen PKW, um Schäden oder austretende Flüssigkeiten festzustel-len.« Sie verschränkt die Arme. »Ich gehe ums Auto? Ich bin doch kein Flugkapitän. Bei dir piept's wohl«, wehre ich mich.

Wir fahren los, in den Kreisverkehr. Manchmal blinke ich beim Rausfahren. Manchmal auch beim Reinfahren. Und manchmal gar nicht, wenn nie-mand da ist, den es interessieren könnte. »Patsch, nicht geblinkt«, sagt Carla und notiert die Verfeh-lung in ihrem Kopf. Am Stoppschild zählt sie laut die Sekunden, die ich nicht gestanden habe. Auf der Landstraße empfiehlt sie, früher zu schalten, denn »auf diese Weise kannst du Geld sparen und die Umwelt schonen«. Vor dem Supermarkt erkenne ich die ideale Parklücke und stoße darauf zu wie ein Habicht. Aber im allerletzten Moment wird sie mir von einem älteren Mann weggeschnappt, den ich dafür ausgiebig, aber bei geschlossener Scheibe anmoppere. Meine Tochter stellt daraufhin fest, dass bei mir womöglich ein Anti-Aggressionstraining angebracht wäre. Und ob sie mich mal beim Meckern filmen dürfe.

Irgendwie geht sie mir langsam auf die Nerven. Ich finde, Fahrgäste sollten sich mit wohlfeiler Kritik am Fahrstil (und am Unterhaltungsprogramm) zurückhalten, jedenfalls solange sie nichts für die Fahrt bezahlen. Im Taxi sieht die Sache anders aus. Aber ich bin so wenig Taxifahrer, wie ich Flugkapitän bin. Außerdem sind die Kinder noch auf mich angewiesen, was Chauffeurdienste angeht. Zumindest noch bis Dezember muss ich Carla regelmäßig von weit abgelegenen Partys abholen. So wie am letzten Wochenende. Wir haben die Vereinbarung getroffen, dass sie anruft, wenn es keine sichere Transportalternative gibt. Ich hole sie dann ab. Die Uhrzeit ist mir egal, Sicherheit geht vor. Also klingelte mein Telefon um 4:18 Uhr, und meine Tochter bestellte mich zu Marlons Party, die offenbar gerade zu Ende ging. Jedenfalls hörte ich im Hintergrund eine mehrstimmige und stark angeheitert klingende Darbietung von »New York, New York«. Bevor sie auflegte, fragte sie, ob ich etwa getrunken habe, was ich verneinte. Dann hielt sie mich zu vorsichtiger Fahrt an und teilte mit, dass es ihr lieber sei, wenn es ein paar Minuten länger dauere, denn ein kaputtes Auto nutze ihr nichts. Eigentlich eine Frechheit.

Zwanzig Minuten später stieg sie glühend von der Partynacht ins Auto und sagte in leierndem Fahrschullehrerton: »Wir drehen den Kopf nach hinten und sehen nach, ob ein Partygast im Weg liegt. Dann legen wir den Rückwärtsgang ein und bringen schön vorsichtig unsere Tochter nach Hause.«

Bevor sie einnickte, lernte ich noch etwas. Es hatte zum Glück nichts mit Autofahren zu tun. Eher mit Sprache. Ich lernte nämlich auf dieser Fahrt ein neues Wort. Wie nennt man eine Party mit deutlichem Jungsüberschuss? Wurstsalat. Ich lachte laut. Sie zischte noch: »Guck auf die Straße«, dann schloss sie die Augen. Ich fuhr dreizehn Kilometer über Land, und ich weiß auch nicht, warum, aber ich hatte wahnsinnig gute Laune. Wurstsalat.

BATJANS SHOWDOWN

Wie die meisten Haushalte pflegen auch wir eine neumodische Kulturtechnik der Familienunterhaltung. Sie besteht darin, dass die Kinder einem ständig irgendwelche Filmchen auf Youtube zeigen. Oder auf Snapchat. Lustige Clips, in denen sie Mäuseöhrchen haben oder in denen männliche Klassenkameraden zu sehen sind, die betrunken Lieder von Helene Fischer singen. Letzteres ist sehr verstörend, denn man wünscht sich die Jugend ikonoklastisch oder wenigstens gemäßigt anarchistisch. Aber sie singen nicht Degenhardt und nicht einmal Wader, sondern »Atemlos durch die Nacht«. Was soll nur aus dieser Jugend werden?

Neulich zeigte mir Nick den Trailer für ein Superhelden-Movie. Er liebt diese Comicverfilmungen, und in diesem Fall ging es um »Batman V Superman«. Wir sahen den Trailer mehrmals an, und ich fand ihn sehr interessant. Der Superheld ist ja eine ambivalente Erscheinung, denn trotz seiner

Superkräfte plagt ihn immer gleichzeitig irgendeine Form der Verwundbarkeit. *Superman* wird durch Kryptonit mattgesetzt, *Iron Man* leidet an einer schleichenden Palladiumvergiftung, und sogar *Obelix* wird schwach, wenn er der schönen Falbala über den Weg läuft. Insofern sind Superhelden Leute wie du und ich. Ich brachte diese Theorie dann beim Frühstück ein, als es darum ging, wer die ideale Besetzung für *Batman* sei.

Carla behauptete, der einzig wahre *Batman* sei Christian Bale gewesen. Michael Keaton war für sie zu lange her, Val Kilmer hatte sie verpasst, und der tendenziell weicheiige George Clooney habe selbst mit Fledermausmaske derart knuffelig ausgesehen, dass sie die ganze Zeit fürchtete, er könne sich beim Teetrinken die Zunge verbrennen. Und der neue *Batman* in der Gestalt von Ben Affleck gefiel ihr auch nicht. Sie sagte: »Wenn jetzt schon Ben Affleck *Batman* spielen kann, dann hätten sie genauso gut dich nehmen können.«

Erst dachte ich, das sei ein Kompliment, aber dann fing Nick an, derart katzendreckig zu lachen, dass mir klar wurde, dass hier Witze auf Kosten des Haushaltsvorstandes gemacht wurden. Nick begann, sich auszumalen, wie das Bat-Kostüm für seinen Vater umgebaut werden müsse. Es sei zum Beispiel ein wenig zu straff in der Taille. »Und die Brillenbügel passen nicht unter die Maske.« Mein Sohn schlug deswegen vor, mir ein Brillenetui ins Kostüm einzunähen. Vielleicht in eine der riesigen Brustmuskelattrappen. Um Lösegeldforderungen nicht mit ausgestrecktem Arm vorlesen zu müssen, könnte ich die Brille aus meinem Brustmuskel holen und mir vor die Augen halten.

Ein noch größeres Problem bei meiner Batman-Ausstattung – fand Carla – sei die Verhüllung meiner Ohren durch die Maske. Unter diesem Latexüberzug sei mein ohnehin mäßiger Hörsinn endgültig eliminiert. Sie schlug vor, die Gummimütze an den Ohren kreisrund auszuschneiden. Das sehe zwar sehr doof aus, aber ich könne auf diese Weise zumindest der Rahmenhandlung der Geschichte folgen, in der ich mitspielte.

Das war frech, aber nicht völlig aus der Luft gegriffen. Ständig werde ich mit meiner kleinen Harthörigkeit aufgezogen. Ich bestreite sie nicht mehr, finde aber, dass die anderen auch nicht mit Absicht nuscheln müssen. Ich habe sie im Verdacht, dass sie alle extra undeutlich sprechen, bloß um mich zu ärgern. Die nuscheln alle. Es ist schrecklich. Vor

Kurzem kamen wir zur Tür rein, und Carla sagte: »Was für eine Käthe!« Ich fragte, welche Käthe sie meine, und sie behauptete, sie habe von der Kälte gesprochen. Sie kenne gar keine Käthe. Oder Sara: Wir wollen zu einem Konzert aufbrechen, und sie fragt mich, ob ich die Bärtchen hätte. »Welche Bärtchen?«, frage ich zurück. Und sie besteht darauf, dass sie von den Tickets, von den Konzertkarten, eben den Kärtchen gesprochen habe.

Das verunsichert mich. Es hat sich eine Art Sprachbarriere zwischen mich und meine Familie gesenkt, und ich sage manchmal gar nichts mehr, aus lauter Angst, für einen säftelnden Greis gehalten zu werden, wenn mein Sohn von starken Tüten im Erdkundeunterricht erzählt. Es könnte allerdings auch sein, dass von Stalaktiten die Rede war.

Vielleicht muss ich mal wieder zum Ohrenarzt. Ich gehe alle zwei Jahre hin. Der Doktor fuhrwerkt dann mit einem klitzekleinen Staubsauger in meinen Ohren herum. Es raschelt und knistert, danach höre ich schnarchende Hamster im Nachbardorf und Ultraschall aus dem Weltraum. Der Arzt findet, ich müsse aufgrund meiner vulkanös tätigen Ohrenschmalzdrüsen eigentlich alle sechs Monate kommen. Gucken, saugen, ploppen. Mir ist das aber jedes Mal unheimlich, und daher habe ich mir jetzt erst einmal ein im Fernsehen beworbenes Anti-Gehörgang-Verstopfungs-Spray gekauft, welches aber nichts weiter bewirkt als nasse Ohren. Also benutze ich es nicht mehr und versuche mich darüber zu freuen, dass sich meine Kinder und meine Frau so gut mit mir amüsieren. Neulich zum Beispiel war ich so stolz, weil ich mitbekam, dass meine Tochter und ihre beste Freundin Emma miteinander über Woyzeck sprachen. Ich freute mich über so viel Kulturbeflissenheit, bis ich feststellte, dass ich mich verhört hatte. Die beiden hatten nicht miteinander über Woyzeck gesprochen, sondern über WhatsApp.

Egal. Zurück zu meinem Batman-Outfit. Sara wies darauf hin, dass der Umhang so eines Kostüms viel zu dünn für mich sei. Sie schlug ein Cape aus Frottee vor, es müsse ja nicht schwarz sein. Mir stünde auch Hellblau. Und es sei sicher sinnvoll, wenn ich bei Superheldeneinsätzen immer jemanden dabeihätte, der Telefonnummern und Adressen im Kopf behielte, damit ich beim Weltretten nicht dauernd die falsche Tür einträte. Und sie hat ja Recht. Ich bin hier und da ein wenig vergesslich. Das bescherte mir neulich den würdelosesten

Moment meiner Vaterschaft. In einem schwachen Moment hatte ich Carla den PIN-Code der Kindersicherung von Netflix verraten. Und Madämchen hat die Kombination eiskalt an ihren kleinen Bruder verkauft. Für eine Tüte Gummifrösche. Als ich gestern etwas sehen wollte, fiel mir der verdammte Code nicht mehr ein. Carla war nicht da. Ich musste also meinen dreizehnjährigen Sohn um die Preisgabe der vierstelligen Kindersicherungskombination bitten. Das war so demütigend.

Es kam dann noch zu einem echt batmanesken Showdown beim Frühstück. Jeder kennt diese Momente aus Action-Filmen. Die Katastrophe rückt näher, unschuldige Opfer drohen unter einem gigantischen Koloss aus Stahl und Beton erdrückt zu werden, es geht um Millimeter, aber dann kommt der Superheld angesaust und rettet auf den allerletzten Drücker schreiende Kinder oder Frauen vor herabfallenden Trümmern. Und ganz genau so muss man sich jetzt den Augenblick vorstellen, als ich vom Frühstück aufsprang, aus dem Haus stürmte und gerade noch rechtzeitig die Restmülltonne auf die Straße schob. Ich trug meinen hellblauen Bademantel.

BIFI-ROMANTIK

Was mir am besten gefällt am Älterwerden unserer Tochter, das sind die magischen Momente, in denen sie mit ihren Freunden Erwachsenenrituale ausprobiert. Neulich war es wieder so weit: Carla lud zu ihrem ersten gesetzten Essen ein. Es war zwar nur eine Person eingeladen, nämlich Alex, aber immerhin. Bisher hatte ich geglaubt, sie sei an bürgerlichen Ritualen der Essensaufnahme wenig interessiert. Jedenfalls habe ich noch nie gesehen, dass sie Gästen etwas gekocht hätte. Genau genommen hat sie überhaupt noch nie etwas gekocht, was challenge-technisch über das Auftauen von Rahmspinat hinausgegangen wäre. Insofern waren Sara und ich fast gerührt, als Carla uns darum bat, Küche und Wohnzimmer keinesfalls zu betreten, weil sie für sich und Alex ein Candle-Light-Dinner plane.

Auf meine Frage, was es denn Köstliches gebe, erklärte sie, zuerst wolle sie eine Suppe machen, sie habe so etwas in der Art im Keller gesehen. Was sie meinte, war eine Dose Hummersuppe, die ich einmal vor vielen Jahren auf einer Tombola gewonnen habe. Es handelte sich bei dieser Hummersuppe tatsächlich um den einzigen Spielgewinn meines Lebens, deshalb hatte ich die Büchse aufgehoben. Sie ist schon mehrmals mit mir umgezogen und besitzt einen sentimentalen Wert für mich, den ich aber bereit war, für das erste Kerzenlicht-Dinner meiner Tochter zu opfern. Ich sah mir die Suppendose an und stellte fest, dass bei den Herstellerangaben noch eine vierstellige Postleitzahl stand. Ich sagte aber mal lieber nichts, denn ich wollte die romantische Stimmung der Kinder nicht trüben.

Über den zweiten Gang hatte sich Carla viele Gedanken gemacht und sogar Kochbücher gewälzt, war aber über die Lektüre mit ihren einschüchternden Fachbegriffen wie »Bridieren«, »Lardieren« und »Nappieren« etwas mutlos geworden und wollte sich stattdessen auf die eigene Intuition verlassen. Sie präsentierte also als Hauptgang ihr selbst erdachtes Rezept einer BiFi-Sauce. Man schneidet dafür zwei bis drei BiFi-Würstchen in zentimeterdicke Scheiben. Diese brät man in einer Pfanne mit einem Kilo Zwiebeln an. Dann

gibt man drei geachtelte Tomaten sowie Tomatenmark, Sahne und Cognac dazu. Das Ganze muss dann etwas köcheln, und man kann es noch mit Curry und Paprika veredeln. Sie erklärte, sie habe noch keinen richtigen Namen für ihr Gericht, aber ich sagte: »Doch, doch, den gibt's schon: Sodbrennen.« Dazu gedenke sie, Spaghetti zu kochen, teilte Carla mit und machte nicht den Eindruck übertriebener Besorgnis.

Als Dessert plante sie Vanilleeis mit heißen Himbeeren, hatte jedoch mit einem Blick ins Tiefkühlfach feststellen müssen, dass keine Himbeeren da waren, woran sie mir umgehend die Schuld gab. Jeder vernünftige Haushalt habe Himbeeren, behauptete sie. Dann eben Vanilleeis mit ohne Himbeeren. Sie legte mir fürsorglich das Kinoprogramm auf den Esstisch, aber ich lasse mich nicht aus dem Haus drängen. Noch nicht! Noch wohne ich dort. Sara überredete mich, für die Dauer des Abends ausschließlich im Schlafzimmer mit ihr zu wohnen, und ich stimmte zu, auch wenn ich es seltsam finde, am Samstag um 19 Uhr ins Bett zu gehen. Es ist ein Vorgeschmack auf später im Leben, der mir nicht gefallen möchte. Deshalb büxte ich zwischendurch aus und befand mich im Laufe des

Abends auf geisterhafte Art im Bad, im Keller, grundlos in der Garage sowie in Nicks Zimmer, wo ich mit ihm an der Playstation als Bayern München turmhoch gegen Real Madrid siegte. Im Wohnzimmer und in der Küche ließ ich mich aber nicht blicken, weil ich auf keinen Fall in eine delikate Susi-und-Strolch-Nudel-Situation platzen wollte. Gegen 22:30 Uhr hörte ich, wie jemand das Haus verließ. Alex war weg, und ich durfte wieder runterkommen. Unsere Tochter lag vor dem Fernseher und machte einen insgesamt unzufriedenen Eindruck. Der Abend war nicht ganz so verlaufen, wie sie sich das vorgestellt hatte. Die Hummersuppe habe zum Beispiel geschmeckt wie Arsch und Friedrich. Ihr jedenfalls. Alex habe, womöglich aus Höflichkeit, die ganze Brühe alleine ausgelöffelt.

Dann die BiFi-Sauce: im Großen und Ganzen köstlich, allerdings habe sie ihre Kreation offenbar überwürzt mit der halben Flasche Tabasco. Alex habe die Sauce quasi im Alleingang verzehrt, weil sie ihr zu scharf war. Übrigens ohne Nudeln. Die seien total matschig gewesen. Sie habe gedacht, man brauche pro Person eine Packung. Also habe sie ein Kilo Spaghetti gekocht, und zwar 22 Minuten lang, weil sie angenommen hatte, man müsse die Kochzeit pro Packung berechnen. Das Dessert sei immerhin gut gewesen. In Ermangelung von Himbeeren habe sie Nutella zum Eis gereicht. Alex habe sehr ordentlich gegessen und dazu den Wein getrunken, der noch in der Küche rumstand. Er sei dann aber früh gegangen.

Ihm sei irgendwie nicht gut gewesen. Wahrscheinlich der Alkohol. Ich nehme an, es war die Mischung von allem. Die BiFi-Sauce, der Wein, das Eis. Und die Hummersuppe. Bevor ich die Dose wegwarf, sah ich noch einmal auf das Etikett. Abgelaufen im Februar 1993. Aber das heißt ja nichts, hat meine Oma immer gesagt.

DIE FLOH-AFFÄRE

Am Freitag saß ich im Büro und fragte mich, wie das Weiße Haus von hinten aussieht. Man kennt ja im Grunde nur eine Ansicht, denkt man jedenfalls. Aber in Wahrheit wird das Weiße Haus mal von vorne, mal von hinten abgebildet, und für den Laien sind sich Nord- und Südansicht ziemlich ähnlich. Die Fassaden unterscheiden sich jedoch dadurch, dass die Nordseite vier Säulen aufweist und die Südseite eine halbrunde Loggia. Das ist eigentlich die Rückseite. Sie wird aber häufiger fotografiert und präsentiert sich den Touristen daher quasi als Vorderseite, welche aber in Wahrheit die andere ist, weil sich dort der Haupteingang befindet.

Nachdem ich diese wichtige Ermittlungsarbeit per Internet-Recherche zufriedenstellend abgeschlossen hatte und den Computer ausschalten wollte, kam Nick rein. Mein Sohn kreuzt selten in meinem Büro auf, weil es ihm dort zu langweilig ist. Er findet es gut, wenn ich ungestört arbeite, denn solange ich im Büro sitze, kann ich ihm nicht verbieten, auf Minecraft ein Casino zu bauen oder online ein U-Boot bei einem amerikanischen Versand für Kriegsgerät zu bestellen. Nun aber setzte er sich auf die Couch und begann mit einem umständlichen Monolog über Abo-Fallen. Er erklärte mir, dass es einige Fälle von krasser Handy-Abzocke in seiner Klasse gegeben habe. Vollkommen unverschuldet seien mehrere Freunde irgendwelchen SMS-Diensten auf den Leim gegangen. Nun müssten die Eltern umständlich diese Abonnements kündigen. Es sei ihm und seinen Kumpels schleierhaft, wie die Verträge zustande gekommen seien. Nick mutmaßte, dass diese Abos einfach so und völlig unkontrollierbar von einem Handy auf das andere überspringen würden. Wie Flöhe oder so.

Ich fragte ihn, ob sein Handy womöglich auch Flöhe habe, und er errötete zart. Deswegen sei er zu mir gekommen. Er habe soeben festgestellt, dass sein Mobiltelefon offenbar in der Schulpause zu dicht an das von Jonas geraten sei. Nur auf diese Weise habe es zu einer Infizierung seines Handys kommen können. Er habe das gerade erst bemerkt. Ich bat ihn um sein Telefon.

Auf dem Display stand: »Info: Dein Status ist

Platin. Du hast das Recht auf eine Wixxvorlagen-MMS mit echten Amateurludern und drei geheimen (S)Extras! Sende PLATIN an … « Undsoweiterundsofort. Soso. Amateurluder und (S)Extras. Ich dachte kurz darüber nach, ob es im Diamant-Status eventuell Profiluder gibt, und musste grinsen. Aber Nick sah mich an wie eine zum Tode verurteilte Feldmaus. Ihm war die ganze Angelegenheit wahnsinnig peinlich. Wir sprachen also nicht weiter darüber. Ich sagte ihm nur, dass die flohartige Übertragung für mich sehr plausibel klinge und ich mich um ein geeignetes Mittel zur Entlausung seines Telefons kümmern werde. Dann schlich er von hinnen, und ich machte mich daran herauszufinden, wer diese miesen Flöhe in Umlauf brachte.

Natürlich musste Nick gar nichts zahlen, denn ohne Saras oder meine Einwilligung kann er gar kein Abo abschließen. Also zahlt niemand, man sperrt beim Handy-Tarif die Möglichkeit der Abbuchung durch Dritte, droht mit dem Anwalt, die Aufregung ist vorüber und das Handy entflöht. Ich gab es ihm zurück, und er schwor, niemals wieder so dicht neben Jonas zu stehen. Ich nickte, und die Sache war erledigt. Solche Schweine. Wer auch immer hinter diesen Abo-Tricks steckt, macht ein rie-

siges Geschäft. Ein Viertel aller Jugendlichen zwischen 12 und 21 Jahren fallen angeblich irgendwann mal darauf herein und auch genug Erwachsene. 20 000 Internet-Nutzer schließen jeden Monat ein schwindliges Internet-Abo für Hausaufgabenhilfe, Ahnenforschung, Online-Spiele oder Amateurluder oder anderen Quark ab.

Das kommt in den besten Familien vor, sicher sogar in den allerbesten. Vielleicht führen sie im Weißen Haus auch manchmal beim Abendessen Gespräche darüber. Präsident Trumps Sohn Barron ist elf Jahre alt. Wer weiß, womöglich haben er oder seine Schwester Tiffany ebenfalls schon aus Versehen Horoskope oder Songtexte abonniert. Vater Trump hat es dann auch nicht leicht, aus der Nummer wieder herauszukommen. Womöglich muss er sich genau wie ich die Finger wund wählen, um den Spuk zu beenden. Oder er schickt einfach eine Drohne oder die Navy Seals und löscht das Hauptquartier der Handy-Abzocker mit einem gezielten Angriff aus. Zuzutrauen wäre es ihm, und in diesem Fall bekäme er meinen Segen. Auf diese Weise hätte seine Präsidentschaft wenigstens einen Sinn.

IM PUBERTIERLABOR: KRANKHEITEN

Das Pubertierlabor widmet sich heute der Erforschung seltsamer Krankheiten, von denen viele Pubertiere regelmäßig und meistens nur für die Dauer eines Vormittages an Schultagen heimgesucht werden. Der Versuchsleiter hat am vergangenen Dienstag einen besonders drastischen Fall protokolliert. Hier sind seine Aufzeichnungen.

6:58 Uhr: Der Versuchsleiter weckt das männliche Pubertier, indem er vor dem Bett stehend ein Lied singt, mit dem man Tote erst aufwecken und dann zum Selbstmord treiben kann, nämlich »Time to Say Goodbye«. Das Pubertier Nick befindet sich unter der Decke. Er beantwortet den Weckgesang mit einem international üblichen Handzeichen, welches übersetzt bedeutet: »Guten Morgen, Vater, ich bin wach und danke für dieses schöne Lied.« Das Handzeichen ragt unter der Bettdecke hervor und besteht aus einem ausgestreckten Mittelfinger.

Um 7:11 Uhr erscheint der Versuchsleiter im Pubertierlabor, um den Erfolg seines Gesanges zu überprüfen und gegebenenfalls eine Zugabe zu geben, nämlich »An Angel« von der Kelly Family. Ein Lied, mit dem man notfalls Zombies in die Flucht schlagen kann. Dazu kommt es nicht, denn Nick ist wach und schaut den Versuchsleiter leeren Blickes an. Dann teilt er mit, er könne nicht in die Schule gehen, da er Kopfweh, Bauchkrämpfe, dazu Rückenschmerzen und Gicht und Übelkeit habe und alles doppelt sehe. Dann fragt er, wo er sei.

Der Versuchsleiter lässt das Klemmbrett sinken und weist das Pubertier darauf hin, dass eine glaubwürdige Erkrankung immer nur ein einziges, dafür unerträgliches Symptom aufweisen dürfe. Und nicht fünf. Oder sechs. Er erklärt, dass er noch einmal rausgehe und wieder ins Labor komme, um der Performance seines Sohnes eine zweite Chance zu geben. Dann macht der Versuchsleiter Kaffee und denkt an eine Fernsehsendung, die er am Vorabend gesehen hat. Es handelte sich um eine Ausgabe von »Bauer sucht Frau«, in der ein Landwirt seiner Eroberung verliebt zuraunte: »Du warst mir gleich ein Dorn im Auge.«

7:16 Uhr: Bei einem erneuten Besuch des Labors stellt der Versuchsleiter Fortschritte bei der Darbietung fest. Nick konzentriert sich nunmehr auf das Symptomgebiet Schädel und klagt über Kopfschmerzen und Schwindel sowie Doppelsichtigkeit, die er durch beeindruckendes Schielen unter Beweis stellt. Seine Stimme bleibt dabei überzeugend matt und ausdruckslos. Dann behauptet er, unbedingt in die Schule zu wollen. Sein Zustand lasse das aber nicht zu, und das sei sehr bedauerlich, weil er auf diese Weise viele total interessante Dinge verpassen müsse. Das mache ihn richtig traurig. Der Versuchsleiter schüttelt den Kopf und sagt: »Nein, so geht das nicht. Der Anfang war gut. Auch das Schielen war okay. Aber dann hast du es total übertrieben. Da musst du dir was anderes ausdenken. Ich gehe noch mal raus.«

7:21 Uhr: Der Versuchsleiter betritt erneut das Labor. Nick liegt auf dem Rücken und starrt an die Decke. »Vater, bist du es?«, fragt er. Dann bittet er um Untersuchung durch einen Notarzt oder den Transport in eine Fachklinik, da er heftige Schmerzen in den Schläfen habe, dazu Schwindel und Fieber. Der Versuchsleiter legt eine Hand auf die glühende und knallrote Stirn seines Sohnes. Er muss mit hohem Einsatz gerubbelt haben, und diese

Mühe darf belohnt werden. Der Versuchsleiter erklärt seinen Sohn für krank und meldet ihn in der Schule ab.

11:31 Uhr: Der Versuchsleiter wird Zeuge einer Wunderheilung, die unmittelbar nach der vierten Stunde einsetzt und das Pubertier vollständig genesen lässt. Es ist nunmehr in der Lage, FIFA 16 zu zocken und Pudding zu essen. Der Versuchsleiter setzt sich an seinen Schreibtisch und schreibt eine Mail an seinen Steuerberater, der zufolge er leider die Unterlagen für August noch nicht schicken könne, weil er krank sei. Magen-Darm. Der Steuerberater schreibt zurück, dass er das auch manchmal habe, wenn er zum Zahnarzt müsse. Und dass er die Unterlagen morgen in seiner Post erwarte. Der Versuchsleiter flucht leise und beneidet seinen Sohn für die vielen Chancen, die er im Leben bekommt.

GENERATION STORNO

Verträge sind in der heutigen Zeit offensichtlich nichts mehr wert. Von wegen *pacta sunt servanda* und so. Pacta sunt das Papier nicht wert, auf dem sie stehen. So sieht's aus. Man muss ja bloß die Nachrichten ansehen. Egal, ob es um Europa, das Klima oder die Beschäftigungsverhältnisse von Fußballprofis geht: Wann immer über Verträge gesprochen wird, folgt der Zusatz, dass diese ja eh nicht ernsthaft bindend seien. Meine Kinder nehmen sich an dieser Kultur des Regelbruchs ein Beispiel und kennen praktisch keine Vertragsbindung mehr.

Sie tauschen auch ständig alles um. Meine Tochter hat vermutlich noch keine einzige Hose gekauft, die sie nicht umgehend wieder zurückgegeben hätte. Sie und ihre Freunde leben in einer Welt, in der man sich niemals festlegt. Nicht auf eine Musikrichtung, nicht auf eine Haarfarbe, nicht auf eine Haltung, nicht auf einen Lebensentwurf. Sie sind der Albtraum der Demoskopen und Meinungsforscher. Keine Ahnung, ob die Soziologie für diese modernen Menschlein schon einen Begriff erfunden hat. Ich würde ja vorschlagen, wir nennen sie »Generation Storno«. Es ist im Grunde nicht sehr schwer, mit ihr unter einem Dach zu leben, es sei denn, man ist ein Vertragspartner alter Schule. So wie ich.

In der Hand halte ich einen Vertrag, den wir als vermeintlich moderne Familie vor einiger Zeit abgeschlossen haben. Diese Methode zur Organisation von Alltagspflichten hatten Sara und ich aus einer Zeitung. Darin stand, dass man mit seinen Kindern Rechte und Pflichten schwarz auf weiß festhalten solle, um im wahrscheinlichen Krisenfall in bilateralen Gesprächen auf Eckpunkte des Papiers verweisen zu können. Es wurde zum Beispiel festgelegt, dass immer eines unserer Kinder entweder den Tisch decken oder abräumen müsse. Im Gegenzug würde immer ein Elternteil kochen. Es stehen darin auch Computer- und Fernsehzeiten sowie Vereinbarungen zur Raumpflege, die darauf hinauslaufen, dass in den Zimmern der Kinder nichts aufbewahrt werden darf, was einen Pelz hat, sich aber nicht bewegt. Außerdem wurde der Besucherstrom in Carlas Gemächer in der Weise geregelt, dass Gäste keine Getränke mitbringen dürfen, dafür aber auch nicht erst zwecks erkennungsdienstlicher Maßnahmen im Wohnzimmer vorgeführt werden müssen.

Es war ein Paragrafenwerk, gegen das die amerikanische Unabhängigkeitserklärung wirkt wie die Bauanleitung in einem Überraschungsei. Ich war sehr stolz darauf, obwohl ich mich darin verpflichtet hatte, sämtliche Führerscheinversuche meiner Kinder zu bezahlen, auch wenn das Risiko besteht, dass Carla so oft zur Prüfung antritt, bis man ihr die Fahrerlaubnis ehrenhalber verleiht. Aber egal. Ich stehe zu meinem Wort. Da bin ich allerdings der Einzige.

Nick begann bald mit einer sehr eigenwilligen Auslegung einzelner Paragrafen. Zum Beispiel war er der Ansicht, dass man Jacken nur dann vertragsgemäß aufhängen müsse, wenn auch ein Bügel da sei. Der Vertragstext sei eindeutig. Wenn gerade kein Bügel frei sei: Boden. Dann musste ich feststellen, dass er eigenmächtig und handschriftlich im Vertrag herumgepfuscht hatte. Er müsse nur den Tisch decken, wenn es etwas gebe, was ihm schmecke, hieß es darin eines Tages. Er fügte auch

neue Absätze ein. Zum Beispiel in dem Teil, in dem es um die Mitarbeit beim Schneeschippen geht. In Artikel 3 steht nun, dass Nick sich dazu verpflichtet, jede einzelne Schneeflocke eigenhändig und prompt zu beseitigen, und zwar in den Monaten Mai, Juni, Juli, August und September. In allen anderen Monaten sei er zum Ausgleich dafür von diesem Dienst befreit.

Ich komme mir irgendwie betrogen vor, zumal sich an meinen Pflichten rein gar nichts geändert hat. Aber ich freue mich darüber, dass mein Sohn offenbar das Zeug zu einem erfolgreichen Staatsmann hat. Und es müssen ja nicht immer große historische Sätze sein, die man einem noch nach Jahrhunderten bewundernd zuschreibt. Manchmal reichen auch rasch hingeworfene Gedanken. Wie bei Nick. Der sah heute Morgen aus dem Fenster und sagte dabei mehr zu sich als zu mir: »Ich liebe den Geruch von Döner in meinem T-Shirt.«

SCHULGESCHICHTEN

Die Schule bereitet auf das Leben vor, sagt man immer. Das stimmt absolut, denn Schule ist ein Spiegel der Gesellschaft, und in der muss man später auch mit sinistren Gestalten irgendwie klarkommen. In der Schule begegnen sich im Wesentlichen drei Gruppen mit unterschiedlichen Interessen und Zielen, nämlich Schülerinnen und Schüler, deren Eltern und die Lehrerschaft. Es existiert dann noch eine vierte Gruppe, aber die ist sehr klein. Die vierte Gruppe heißt Hausmeister, und sie wird genau wie das Sekretariat üblicherweise der Gruppe der Lehrerinnen und Lehrer zugeordnet, auch wenn Hausmeister in der Regel keinen akademischen Grad vorweisen können. Egal. Jedenfalls stehen sich diese drei Gruppen gegenüber, soweit man sich in einem Dreieck überhaupt gegenüberstehen kann. Ich bin wegen Mathe sitzen geblieben und kenne mich mit Dreiecken nicht so aus.

Für mich persönlich bilden die Eltern eigentlich

die mächtigste Einheit. Das war früher nicht so, aber heute stellt es sich mir so dar. Wenn ihnen etwas nicht gefällt, bringen sich Eltern in Stellung und klagen oder organisieren Petitionen. Es ging zum Beispiel die Anstrengung einer gewissen Frau Finke durch die Presse. Sie hat eine an die Familienministerin Manuela Schwesig gerichtete Petition mit dem kämpferischen Titel »Bundesjugendspiele abschaffen« gestartet. Da möchte ich am liebsten scharf gegenhalten mit einer eigenen Petition. Sie trüge die kämpferische Parole »Bundesjugendspiele bitte unbedingt einmal pro Monat veranstalten«. Ich finde nämlich, dass man die auf gar keinen Fall abschaffen darf, und zwar gerade weil ich diese Veranstaltung als Kind so leidenschaftlich gehasst habe. Was für eine öde Zeitverschwendung das war. Stundenlange Rennerei, Werferei und Springerei, und am Ende gab es eine popelige Urkunde und einen Sonnenbrand. Aber man musste eben, und das finde ich im Nachhinein hervorragend, denn wenn ich nicht gemusst hätte, hätte ich mich auch nicht dagegen wehren können.

Einige meiner Freunde fanden diese Wettkämpfe ebenfalls doof. Also haben wir alles unternommen, um die Veranstaltung als solche mit subversiven Späßen zu unterwandern und als Blödsinn zu entlarven. Wir ließen beim Kugelstoßen die Kugel nach hinten fallen, um zu gucken, ob man auch negative Weiten erzielen konnte (nein). Wir probierten aus, ob sich die hundert Meter auf einem Bein zurücklegen ließen (unmöglich, man fällt hin). Zum Weitsprung brachten wir Förmchen für den Sandkasten mit, und beim sogenannten Ausdauerlauf gingen wir plaudernd nebeneinander her und nervten die Zeitmesser, die nur wegen uns eine halbe Stunde nach den Siegern immer noch in der Sonne rumstehen mussten. Jeder von uns versuchte, Letzter zu werden, was auf den finalen fünf Metern zu einem dramatischen Wettkampf im Langsamgehen ausartete, den ich nicht gewann. Ich wurde nur Viertletzter und ärgerte mich enorm darüber.

Andere Mitschüler simulierten gleich zu Beginn der Spiele Beckenbrüche oder Milzrisse und spielten den Rest des Tages Skat. Auf diese Weise nahmen sie das fundamentale Recht für sich in Anspruch, selber zu entscheiden, und die Klügsten von ihnen beriefen sich dabei auf Jean-Jacques Rousseau. Der hat geschrieben: »Die Freiheit des Menschen liegt nicht darin, dass er tun kann, was er will, sondern dass er nicht tun muss, was er nicht will. «

Ich finde, das kann man nicht früh genug lernen. Und die Einrichtung der Bundesjugendspiele hilft sehr dabei, genau wie der leider abgeschaffte Wehrdienst, der uns die Möglichkeit gab, ihn zu verweigern. Hätte nun eine Petition wie jene von Frau Finke Erfolg und die Bundesjugendspiele würden eingestellt, dann entginge den Schülerinnen und Schülern eine wichtige Trainingsmöglichkeit in Selbstbehauptung. Sie würden mir nichts, dir nichts um die Chance gebracht, ihrer Haltung einen Ausdruck zu geben, sich im Leben zu positionieren. Das muss man aber, und deshalb finde ich, dass die Bundesjugendspiele viel zu selten stattfinden.

Frau Finkes Hauptargument gegen die Bundesjugendspiele bestand seinerzeit darin, dass die weniger sportlichen Kinder dabei gehänselt und gedemütigt würden. Das mag schon sein, aber das werden sie auch, wenn sie beim Wandertag mit vierzig Minuten Verspätung beim Lagerfeuer ankommen. Und andere Kinder werden geärgert, wenn sie im Schultheater ihren Text vergessen. Sollen deswegen Wanderungen und Theateraufführungen auch eingestellt werden? Ich finde nicht.

Man muss die Kinder im Gegenteil dazu ermuntern, die Institutionen infrage zu stellen und sich gegen Blödsinn kreativ zu behaupten. Dafür muss es den Blödsinn aber geben. Wenn der abgeschafft wird, wogegen soll man dann kämpfen?

Natürlich bin ich ein unbedingter Anwalt der Kinder. Ich fühle mich ihnen jedenfalls stärker verbunden als den Eltern oder gar den Lehrern, wenn es um Schulfragen geht. Das mag an meiner eigenen wenig triumphalen Schulkarriere liegen und daran, dass ich mich bis heute Lehrern gegenüber dumm und machtlos fühle. Ich weiß es nicht. Vielleicht kommt es auch daher, dass Lehrerinnen und Lehrer wirklich manchmal ziemlich furchtbar sind.

Zum Beispiel las ich in der Zeitung von einem Schuldirektor in Baden-Württemberg, der an seiner Schule das Tragen von Hot Pants verboten hat. Das fand ich wirklich eine Frechheit. Denn wenn über die Outfits von Schülerinnen diskutiert wird, dann müssen wir auch mal ganz ernsthaft über Lehrerkleidung reden. Der Anblick eines deutschen Studiendirektors mittleren Alters kann einen Jungen in der Pubertät ebenso umhauen wie der eines Mädchenpopos, wenn auch nicht auf so angenehme Weise. Ich weiß, wovon ich spreche, denn neulich hatte ich eine halbe Stunde Zeit, mir mehrere Mitglieder eines gymnasialen Lehrkörpers genau anzusehen, weil ich zufällig mit ihnen in der S-Bahn saß. Sie befanden sich auf einer Exkursion mit ungefähr vierzig bedauernswerten Schülern.

Der älteste Kollege – ziemlich füllig, sicher Oberstudiendirektor, Vorname erwiesenermaßen Hartmut, Fächerkombination vermutlich Physik und Latein – trug eine üppig geschnittene Jeans und atmungsaktive braune Löcherschuhe sowie hellgraue Socken. Dazu kombinierte Hartmut ein lindgrünes, kurzärmeliges Oberhemd. Pfiffige Akzente setzte er mit einer Multifunktionsweste in Kieselgrau, auf deren Vorderseite sich nicht weniger als sechs Taschen befanden. Genug Platz für mindestens drei konfiszierte iPods, Notizbuch, Handy, Schlüsselbund, Pfefferspray, eine Möhre und bis zu drei Stifte in Rot, Grün und Blau. Hartmut trug außerdem eine selbsttönende Brille in Tropfenform, einen grauen Klobrillenbart sowie eine breitkrempige Mütze.

Sein deutlich jüngerer Kollege, wahrscheinlich Bernd, Fächerkombination Sport und Erdkunde, trumpfte modisch mit einer eierschalenfarbenen Dreiviertelhose und einem rosa-grün-orange-gelb karierten Hemd samt vorgeschnallter Bauchtasche auf. Er trug keine Schuhe, aber anatomisch geformte Amphibiensandalen mit leuchtenden Klettverschlüssen und einem antibakteriellen Fußbett sowie ansehnliche Krampfadern. Seine Erscheinung wurde von einer verrückten Sonnenbrille gekrönt, deren verspiegelte Gläser in allen Farben schimmerten, die eine Ölpest hervorbringen kann.

Die Kollegin der beiden, vermutlich Sigrid, Französisch und Kunst, hatte Papageientag. Sie trug eine enge hellgelbe Jeans, die sie mit einem geflochtenen Ledergürtel über ihrem Damenbauch festgezurrt hatte. In der Hose steckte ein enges T-Shirt mit aufgestickten Luftballons, und in ihrer asymmetrischen Frisur steckte eine asymmetrische Sonnenbrille, die auf das Ulkigste mit der asymmetrischen Holzklotzkette um ihren Hals korrespondierte.

Wo bekommt man bloß solche Klamotten her? Gibt es ein Spezialgeschäft dafür, in dem man nach Fächerkombination und Dienstgrad eingekleidet wird? Egal. Bei jahrelangem Anblick deutscher Lehrermode ist eine posttraumatische Belastungsstörung unter den Schülerinnen und Schülern noch die harmloseste unter allen vorstellbaren Folgen. Gut. Es hätte noch schlimmer sein können. Aber zum Glück hatten die drei keine Hot Pants an.

Ich reiße mich nicht unbedingt darum, an Schulveranstaltungen teilzunehmen, weil ich Angst vor zwei der drei Interessengruppen dort habe, aber meine Frau war der Meinung, dass ich endlich ein ordentliches Mitglied meiner Familie werden müsse. Es könne nicht sein, dass ich als Einziger von uns vieren noch nie bei einem Elternsprechtag gewesen sei. Der regelmäßige Besuch dieses Schul-Happenings sei aber unabdingbar Teil unserer Familienkultur. Ich wies sie darauf hin, dass ich bei uns zu Hause schon alle zwei Jahre Brennholz hinter der Garagenwand stapele. Ich könne mich nicht erinnern, dass meine Kinder oder meine Frau dabei familienkulturell jemals ein Fingerchen gerührt hätten. Sara sagte, ich solle mich nicht so anstellen. Dann überreichte sie mir eine Liste mit Namen. Sie hatte alle Lehrerinnen und Lehrer angekreuzt, die ich besuchen sollte, nämlich sechs Stück.

Die Termine erinnerten mich dann ein wenig an das so genannte Speed-Dating. Da sitzt man sich für etwa zehn Minuten gegenüber und tauscht sich über die wichtigen Eckdaten des Lebens aus. Und am Ende stellt man in 92 Prozent aller Fälle fest, dass niemand dabei war, den man unbedingt wiedersehen möchte. Das Protokoll meines ersten Elternsprechtages zeugt aber von zumindest teilweise unterhaltsamen, wenn auch letztlich anstrengenden bilateralen Verhandlungen.

Erstes Gespräch. Herr Wilms. Sport. Nick sei ein freundlicher Junge. Bei der Sportnacht habe er allerdings eine Dose »Monster« getrunken, anschließend einen Salto vorwärts aus dem Stand gemacht und dabei die Hälfte von dem Zeug wieder ausgespuckt. Es habe sehr geklebt. Außerdem sei er, Herr Wilms, auf der Suche nach einem günstigen Baukredit, ob man da Erfahrungen habe. Ich gebe ihm die Nummer eines Freundes, der sich auskennt. Zweites Gespräch. Frau Reinhardt. Ethik. Nick sei ein freundlicher Junge und offenbar vertraut mit den sogenannten neuen Medien. Er habe ihr neulich sehr anschaulich erklärt, was das Wort MILF bedeute. Außerdem sei ihr Kater verstorben. Ich tröste und weise sie auf die positive Seite dieses Verlustes hin. Immerhin rieche sie jetzt nicht mehr nach Katzenfutter.

Drittes Gespräch. Herr Lorenz. Mathe. Nick sei ein freundlicher Junge, und das Thema Mathematik habe bei ihm ganz offensichtlich keine Priorität. Das sei in der ganzen Klasse der Fall. Herr Lorenz wünsche sich, dass alle etwas mehr Hingestimmtheit für die Ästhetik des Rechnens entwickelten, und manchmal träume er davon, etwas ganz anderes zu machen. Hochseefischerei zum Beispiel. Ich bestärke ihn und sage, dass ihm Wathosen sicher gut stünden. Bis hierhin gestalten sich die Gespräche, was den therapeutischen Anspruch betrifft, auf einem angenehm niedrigen Level.

Viertes Gespräch, Herr Klein, Deutsch. Nick sei ein freundlicher Junge. Er habe zwar die aristotelische Dramenstruktur in der Theorie noch nicht ganz verinnerlicht, führe jedoch in jeder Schulstunde eine Komödie in fünf Akten auf. Das sei faszinierend. Herr Klein müsse nach dem Elternsprechtag noch eine Sackkarre umtauschen. Er müsse eigentlich immer alles machen. Ich zitiere Nietzsche: Frei ist, wer in Ketten tanzen kann. Herr Klein bedankt sich und sagt, er fühle sich schon besser.

Fünftes Gespräch. Frau Salzmann. Englisch. Nick sei ein freundlicher Junge und profitiere wie die meisten Kinder von dem Facettenreichtum der amerikanischen Hip-Hop-Kultur. Konkret habe er sie neulich für ihr krasses Bling-bling gelobt. Frau Salzmann beklagt die geringe gesellschaftliche Durchlässigkeit für geschiedene Frauen von Ende vierzig. Ich mache ihr Komplimente, aber ich glaube, sie spürt die Lüge.

Sechstes Gespräch. Frau Werner. Kunst. Nick sei ein freundlicher Junge, und im Kunstunterricht habe er oft sehr kreative Ideen. Erst neulich habe er aufgrund einer Wette einen Wachsmalstift gegessen, was sie als künstlerische Performance mit einer glatten Eins bewertet habe. Sie habe manchmal das Gefühl, im Kollegium abseitszustehen. Ich rate ihr zu einem Rendezvous mit dem an Hochseefischerei interessierten Herrn Lorenz.

»Und? Wie war's«, fragte Nick, als ich nach Hause kam. Das kann ich am Ende eigentlich gar nicht so genau beantworten, aber ich glaube, es ist mir weitgehend gelungen, einen Eindruck von den Leistungen der Lehrer zu bekommen und sie für die vor ihnen liegenden Aufgaben in der Schule neu zu motivieren. Und darum geht es ja schließlich beim Elternsprechtag.

COMING OF GIRLS

Abgeliefert hatte ich einen Dreizehnjährigen mit Isomatte, Skateboard, Riesentasche und Zahnspange. Nick war nach einer knappen Verabschiedung in den Reisebus gestiegen, und ich konnte ihm nicht mehr zuwinken, weil die Fenster getönt waren und ich ihn nicht mehr sah, was mich komischerweise nervös machte. Dann fuhr die Jugendreisegruppe los zum Surfen nach Südfrankreich, an die Atlantikküste. Dort, in Mimizan, war ich auch schon mal. Vor dreißig Jahren. Und nun also Nick. Er meldete sich eine Woche lang nicht, was ich ein gutes Zeichen fand. Es kam bloß einmal ein Foto bei mir an, auf dem nur ein halber Fuß zu sehen war sowie die Spitze eines Surfbretts und Wasser und Himmel. Keine Ahnung, was das sollte.

Nach neun Tagen stand ich wieder am Sammelpunkt. Der Bus hielt und atmete ächzend seinen Inhalt aus. Unser Sohn floss die Stufen herunter und gleich in mein Auto hinüber, unfähig zu grüßen. Während der Fahrt redeten wir wenig. Er war überzogen von Sommer, Salzkristalle funkelten in seinem ungekämmten Haar. Seine Nase pellte sich, aus dem T-Shirt ragten zwei braune Arme. Meine Fragen beantwortete er gewohnt einsilbig (»schön«, »ja«, »nein«, »müde«), und als wir zu Hause ankamen, schlurfte er geradewegs ins Bett und schlief zwölf Stunden.

Irgendwann währenddessen wurde mir langweilig, und ich begann, in seiner Tasche nach Antworten zu suchen. Außerdem wollte ich seine schmutzigen Klamotten waschen, daher fand ich es legitim, die Tasche auszuräumen. Es waren bloß kaum dreckige Sachen drin. Offenbar hatte Nick die vergangene Woche praktisch nur in zwei Surfershorts verbracht. Auch die T-Shirts waren weitgehend ungetragen, das Sweatshirt hatte er angehabt, wahrscheinlich abends, denn es roch nach Lagerfeuer. Interessanter waren die Dinge, die er nicht nach Frankreich mitgenommen, sondern von dort mitgebracht hatte.

Da war zum einen Sand. Viel Sand, wie man ihn an den Füßen und am Kopf hat, wenn man einmal die Düne von Pilat hinaufgestiegen ist. Dann zwei Bierdeckel von Stella Artois, unbeschriftet, aber

offenbar wichtig genug, um aufgehoben zu werden. Mehrere Bustickets. Chipstüten, teilweise geöffnet und versandet, sogenannte Bar-Chips, wie man sie zum Aperitif serviert bekommt. Eine Tüte Milchbrötchen. Ein Zettel mit einer Telefonnummer. Die Vorwahl von Frankreich hatte er selber hinzugefügt. Dann eine halbe Flasche Orangina, wahrscheinlich zwischendurch in der Sonne aufgekocht, quasi pasteurisiert. Und eine Schneekugel. Oder vielmehr eine Sandkugel, denn die Schwebeteilchen sollten wohl Sandkörner darstellen. Außerdem war ein Surfer abgebildet, der auf einem Brett durch die Gischt stob, mit ausgebreiteten Armen. Unter der Kugel hatte jemand etwas geschrieben. »Pour Nicolas«. Und ein Herz.

Ich denke, die Geschichte ging so: Man hatte sich auf der Düne kennengelernt, bei einem Ausflug. Später fuhr er mit dem Bus noch mal hin. Man war in einem Café, die Bierdeckel zeugen von Gastronomie. Man teilte Milchbrötchen und Chips und am Ende Telefonnummern. Und es gab ein Abschiedsgeschenk. Die Kugel.

Als Nick aufstand und seinen schlaffen Körper zur Dusche trug, bemerkte er, dass ich seine Tasche ausgepackt hatte. Er sagte nur, er werde zukünftig mehr für Französisch tun in der Schule. Ich nickte. Er nickte. Abgeliefert hatte ich einen Dreizehnjährigen mit Zahnspange. Zurück kam ein fast Vierzehnjähriger mit einem Mädchen am Atlantik.

MALEFIZ-MICHAELA

Es war das Ende der Sommerferien, und Nick schrieb sich mit dem Mädchen aus Frankreich, was ganz gut war für sein Französisch. Dachte ich jedenfalls, bis ich mitbekam, dass sie sich auf Englisch schrieben. Sein vierzehnter Geburtstag nahte, und beim Abendessen fragte Sara, was für einen Geburtstagskuchen er sich wünsche. Er antwortete, dass er drei Zitronenkuchen haben wolle. »Gleich drei?«, fragte ich verwundert. Und darauf er: »Ja. Drei.« Dann erklärte er, dass man die eigentlichen Backmischungen gleich wegschmeißen könne. Die drei Tüten mit der Zitronenglasur sollten wir hingegen öffnen, anrühren und ihm damit den linken Arm eingipsen. Er wolle den Arm dann aushärten lassen und den ganzen Tag lang die Glasur abknabbern. So stelle er sich den idealen Kuchen vor. Dann ging er wieder in sein Zimmer, um Luce zu schreiben.

Sie ist womöglich seine erste große Liebe, und

erfahrungsgemäß dauern die leider nie lange. Aber sie begleitet einen durchs ganze Leben, was man von der dritten oder vierten nicht unbedingt sagen kann. Meistens endet diese erste große Gefühlsaufwallung ja als später verdrängtes Trauerspiel, ganz oft mit dramatischem Showdown an der Bushaltestelle, auf einer Kellerparty oder in einem Schnellrestaurant. Traumatische Erlebnisse, Schule des Lebens. Alles schrecklich. Insofern würde ich meinen Kindern gönnen, dass sie die erste große Liebe niemals erleben und einfach gleich mit der zweiten großen Liebe beginnen, um sich das ganze Theater mit der ersten zu ersparen. Aber dafür ist es bei uns offensichtlich zu spät.

Ein Gesprächsversuch mit Nick über dieses heikle Thema ergab eine Art Fehlermeldung seinerseits. Auf meine Frage, was eigentlich so mit Luce sei, reagierte er mit einem Geräusch, dass sich anhörte wie der vergebliche Versuch eines 56k-Modems, über die Telefonleitung ins Internet zu gelangen. Dann zeigte er mir einen Vogel, was als Antwort durchaus deutbar ist, denn es kann bedeuten, dass mit Luce gar nichts ist – oder dass es mich nichts angeht. Ich insistierte lieber nicht, denn ein Psychologe hat mir mal erklärt, dass man Antworten bei Jugendlichen keinesfalls erzwingen solle, weil sie sonst später unter hartem Stuhl litten und bindungsunfähig durchs Leben trieben wie sogenannte Tumbleweeds über die staubige Hauptstraße von Carson City.

Außerdem reden dreizehnjährige Jungs grundsätzlich ungern über delikate Angelegenheiten. Habe ich in seinem Alter auch nicht gewollt, und ich bin bis heute sehr froh darüber, dass meine Eltern das nicht herausgefordert haben. Wobei meine erste große Liebe noch viel früher stattfand als Nicks. Ich war zehn. Ihr Alter kenne ich bis heute nicht, ihren Namen habe ich mir ausgedacht, denn sie hatte keinen. Für mich hieß sie deshalb Michaela. Und ich habe sie vergessen. Jahrzehntelang habe ich nicht an sie gedacht. Aber heute bei der Zeitungslektüre fiel sie mir wieder ein. Mitsamt dem ganzen Schmerz.

Ich las nämlich heute, dass Erwin Glonnegger im Alter von neunzig Jahren gestorben ist. Erwin Glonnegger war in den wesentlichen Jahren seines beruflichen Wirkens Programmleiter des Spieleverlags Ravensburg. Unter seiner Regie entstanden sowohl »Memory« als auch »Malefiz«. Auf dem »Malefiz«-Brett waren vier Figuren abgebildet.

Ein unrasierter Cowboy, eine langhaarige Dame im Abendkleid, ein bärtiger Opa – und Michaela. Sie hatte einen nahezu quadratischen Kopf und trug eine Schleife im Haar. In ihrer linken Hand hielt sie einen Würfel. Sie lächelte scheu und sah nach unten. Um Himmels willen, was für ein tolles Mädchen.

Ich war hingerissen. Und ich stellte mir ein gemeinsames Leben mit Michaela vor. In meinen Träumen entstieg sie dem »Malefiz«-Brett, und dann gingen wir Hand in Hand spazieren, weiter reichte meine Phantasie damals noch nicht. Unsere Beziehung blieb jedoch etwas einseitig, denn Michaela konnte nicht sprechen. Also redete ich einfach stundenlang auf sie ein. Leider ist nichts aus uns geworden, denn irgendwann musste ich einsehen, dass Brettspielcharaktere relativ festgelegt sind, was ihr Verhalten betrifft. Wenn wir in meinen Träumen durch die Nachbarschaft spazierten, legte sie mir ständig große weiße Steine in den Weg und betrachtete stumpf lächelnd den Würfel in ihrer Hand, als wartete sie auf eine Sechs. Das frustrierte mich enorm, und schließlich wendete ich mich den echten Mädchen zu, die sich aber dann in den ersten Jahren ganz ähnlich verhalten haben wie Michaela.

Mein Sohn ist von leidvollen Liebeserfahrungen noch weit entfernt, glaube ich. Hoffe ich. Vielleicht ist Luce ja doch nur so etwas wie eine Brieffreundin. Wenn nicht, wird es hart. Für sie oder für ihn. Wir werden sehen.

IM PUBERTIERLABOR: BEHALTEN
UND ENTSORGEN

Wenn man eine Eigenbedarfskündigung erhält und ausziehen soll, hat das nicht nur Nachteile. Es ergeben sich auch wunderbare Möglichkeiten zur Erforschung des gemeinen Pubertiers. Daher ist der Versuchsleiter fassungslos vor Glück darüber, dass er samt seiner Familie das Haus räumen muss. Er befiehlt an einem warmen Sonntagvormittag alle Angehörigen auf den Dachboden, um sämtliche dort befindlichen Gegenstände zu sortieren. Er erläutert sein ausgefeiltes System, wonach man drei Haufen zu bilden habe: Umzug, Trödelmarkt, Müll.

Er weist darauf hin, dass sich ungefähr 57 826 Dinge auf dem Speicher befinden und man nicht alles mit derselben Hingabe begutachten könne. Schnelle, harte und konsequente Entscheidungen seien gefragt. Während er noch erklärt, beginnt das männliche Pubertier damit, seine Carrera-Bahn aufzubauen. Das weibliche Pubertier Carla ist innerhalb von Sekunden geschrumpft, sieben Jahre alt und kämmt eine Barbie-Puppe. Und die Frau des Versuchsleiters trägt Schuhe, die der Versuchsleiter noch nie gesehen hat. Die Frage, ob er sich an die Schuhe erinnern könne, beantwortet er wahrheitsgemäß mit »nein« und bekommt dafür einen der Schuhe auf den Kopf. Es handelt sich um den linken Hochzeitsschuh seiner Gattin.

Nach deutlicher Ermahnung machen sich die Pubertiere nun daran, sämtliche Kisten und Kartons nach Brauchbarem zu durchstöbern. Sehr brauchbar erscheint ihnen die Verlesung von Schulzeugnissen ihres Vaters, die allesamt nicht so dolle sind und Bemerkungen über den mangelnden Ehrgeiz und erhebliche Fehlzeiten des jugendlichen Versuchsleiters enthalten. Der Wissenschaftler entscheidet, dass diese Unterlagen schleunigst entsorgt werden, damit sie nicht noch mehr Unheil anrichten, und behält lediglich schmeichelhafte Deutschaufsätze.

Leider muss er gewärtigen, dass er der einzige Teilnehmer der Räumungsaktion ist, der den Müllhaufen bestückt, alle anderen Familienmitglieder vergrößern lediglich den Bereich »Umzug«. Demnach müssen sämtliche ausrangierten Kinderspielzeuge mitgenommen werden, mit dem Argument, man könne sie für Enkel wiederverwenden. Der Versuchsleiter weist darauf hin, dass mit Nachkommen bei seinem Sohn erst in frühestens zwanzig Jahren zu rechnen sei, und dass in zwanzig Jahren kein Kind mehr Kaufmannsladen spiele, weil es dann alles online gebe und kein Mensch mehr wisse, was ein Kaufmannsladen sei.

Den Beweis für solch einen erheblichen strukturellen Verlust von Kulturtechniken und den dazugehörigen Gegenständen liefert das Pubertier Carla, als sie einen Karton öffnet und darin eine kleine Plastikschatulle, in welcher sich ein rechteckiger Datenträger mit einem darin aufgespulten Magnetband befindet. Sie fragt, was das sei, und der Versuchsleiter beginnt einen romantisch eingefärbten Vortrag zum Wesen und der Geschichte der sogenannten Musikcassette. In dem Karton befinden sich zahllose Exemplare davon, die allermeisten liebevoll mit jugendlicher Typografie beschriftet. Carla liest vor: »Sommermix 86«, »Maxisingles Part 12« und »Party 17.6.87«. Sie verlangt nach einem Abspielgerät, und der Versuchsleiter reicht ihr seinen original Sony Walkman, der nach dem Einlegen einer Batterie tatsächlich noch einwand-

frei funktioniert. Wenn man es schafft, die Cassette richtig einzulegen. Der Versuchsleiter stoppt die Dauer dieses Vorgangs. Zunächst bekommt Carla das Gerät eine Minute lang nicht auf. Dann versagt sie bei dem Versuch, die Cassette korrekt in die dafür vorgesehene Führung zu schieben und das Abspielgerät zu schließen. Erst nach etwa drei Minuten drückt sie die Play-Taste. Der Versuchsleiter macht sich Notizen.

Den Rest des Tages jubelt Carla, das sei alles echt geil Eighties, und hört sich die Cassetten des Versuchsleiters an, die sie allesamt so nice und schräg findet, dass an eine Fortsetzung der Räumungsaktion nicht mehr zu denken ist. Sie plant, alle 204 Cassetten komplett durchzuarbeiten und dann zu entscheiden, welche davon wegkönnen. Dies wird etwa zwei Wochen dauern. Der Dachboden muss so lange warten. Zu seinem Unglück hat der Versuchsleiter dort einen Karton mit VHS-Cassetten entdeckt, deren Sichtung sich bis nach dem Umzug hinziehen dürfte.

BERUFSBERATUNG

Das Misstrauen gegen den Journalismus ist riesengroß. Das musste ich gerade am eigenen Leib erfahren. Ulrich Dattelmann, der übermächtige Vorsitzende des Schulvereins, zwang mich nämlich dazu, beim Berufsberatungstag in der Schule die Tätigkeit des Journalisten zu repräsentieren. Er sagte, ich könne auch über das Schriftstellerwesen dozieren, das sei dasselbe wie Journalismus. Es ginge in beiden Fällen um den Verkauf von Märchen. Ich sagte zu, denn ich habe Angst, dass Dattelmann mir die Bürgerrechte entzieht, wenn ich nicht gehorche.

Er ist nämlich der Chef aller Eltern, kann alles, weiß alles und ist dazu in der Lage, gleichzeitig ein Fünfmannzelt aufzubauen und »My Bonnie is Over the Ocean« zu singen. Er schickt ständig Rundmails, Doodle-Listen und Excel-Tabellen durch die Welt. Dann muss man eintragen, wie viele Kinder man fährt, ob man Nudelsalat mitbringt oder Kartoffelsalat und ob man Schlafsäcke für einen Kinderchor aus Helsinki zur Verfügung stellen könnte. Dattelmann organisiert alles an unserer Schule, und ich glaube, ich werde ihn nie wieder los. Er war auch schon Vorsitzender im Kindergartenverein, und später, wenn wir alle im Altenheim sind, ist er immer noch unser Chef. Er wird auch dort mein Leben organisieren und sämtliche Freizeitaktivitäten aller Altenheimbewohner unter seiner eisernen Kontrolle haben.

Aber es wird bestimmt schön. Ich sehe es kommen. Für jeden Tag wird sich Dattelmann etwas einfallen lassen. Jeden Mittwochabend – um 16 Uhr – gibt es dann im Begegnungsraum vom Altenheim »Tattoo-Raten für alle«. Das wird super.

Jedenfalls schleppte ich mich am Samstagmorgen um 8 Uhr in die Schule und setzte mich an den Lehrertisch in Raum 117 und wartete auf Kundschaft. Es kam überhaupt niemand außer Dattelmann. Ich solle mich mal ein bisschen in die Riemen legen. Der Oberstleutnant von nebenan habe Kuchen mitgebracht. Und der Siemens-Manager immerhin Kugelschreiber. Ich sagte, dass es der Glaubwürdigkeit des Journalisten abträglich sei, wenn man den Nachwuchs mit billigem Plunder ködere. Den gebe es hinterher unter Vorlage des Presse-Ausweises ohnehin. Integrität sei jetzt das A und O, Stichwort Lügenpresse. Damit zeigte sich Dattelmann versöhnt und stattete der Bio-Käserin einen Besuch ab. Die hatte Ziegen-Brie aus dem Chiemgau dabei.

Endlich, gegen zwanzig vor elf, setzte sich die 16-jährige Elena zu mir und begann das Gespräch mit der Einlassung, sie habe schon immer davon geträumt, Reporterin zu werden. Ich fragte zurück, wer sie auf diese glänzende Idee gebracht habe, und sie antwortete, ihr journalistisches Idol sei Karla Kolumna. Der Name sagte mir nichts. In meiner Jugend hießen solche Leute immer Hanns Joachim Friedrichs. Im Gespräch stellte sich heraus, dass Karla Kolumna eine Freundin von Benjamin Blümchen und Bibi Blocksberg ist und dass Elena genau genommen eigentlich nur wie Karla Kolumna auf einem Motorroller durch die Gegend fahren möchte. Ich sagte ihr, dass dafür ein Journalistikstudium nicht unbedingt nötig, ein Führerschein jedoch obligatorisch sei. Das gefiel ihr.

Dann kam sehr lange niemand. Schließlich erbarmte sich Emma. Sie setzte sich zu mir, weil die Schlange vor der Käsefrau so lang war. Sie wolle mir Gesellschaft leisten. Journalismus finde sie cool, das sei so voll Eighties.

Dann kam wieder niemand, und ich wollte gerade vor Langeweile bei der Bundeswehr anheuern oder vor Hunger mit der Käserei anfangen, da erschien Felix. Und ich glaube, ich habe sein Leben verändert. Jedenfalls habe ich maßgeblich zu seiner Berufswahl beigetragen. Felix kam in den Klassenraum geschlurft und legte seinen Zwei-Meter-Körper umständlich auf dem Stuhl ab. Er begann unsere Unterhaltung mit der Frage, ob es ein cooler Move sei, Journalist zu werden. Ich bejahte dies dringend und begann einen kleinen Vortrag. Er unterbrach mich nach drei Sätzen und fragte: »Muss man da früh aufstehen?« Ich sagte: »Eigentlich nicht. Die meisten Redaktionen beginnen so gegen 10 Uhr mit der Arbeit.« Das mochte Felix, weil er keinen Bock habe auf Stress. Ich klärte ihn darüber auf, dass man in einer Redaktion dafür manchmal länger bleiben müsse. Da sei jetzt schon wieder voll der Druck drauf, jammerte er. Darauf erklärte ich ihm, dass der Leistungsdruck eigentlich in jedem Beruf eine gewisse Rolle spiele, es sei denn, man sei Imker. Da arbeiteten weitgehend die Bienen. Und man dürfe bei der Arbeit Pfeife rauchen. Da stand Felix auf und bedankte sich sehr dafür, dass ich ihm die Augen geöffnet habe. Als Imker könne er seine Leidenschaft fürs Shisha-Rauchen und seine angeborene Faulheit am besten verbinden. Damit verließ er gut beraten den Klassenraum. Und ich ging nach Hause.

GRUPPENZWANG

Unter den teuflischen Hervorbringungen der Gegenwart nimmt WhatsApp eine Sonderstellung ein. Dieser Messenger-Dienst hält nämlich nicht nur jene auf Trab, die sich dort angemeldet haben, sondern auch sämtliche unschuldig zufällig in deren Umkreis lebende Menschen. Seit Carla bei WhatsApp angemeldet ist, werden wir ununterbrochen Zeuge ihres Mitteilungsdranges und, was noch gravierender ist, des Mitteilungsdranges ihrer ungefähr 12 000 Freunde. Wobei ich zugeben muss, dass ich auch bei WhatsApp bin. Alle mir bekannten Menschen haben diesen tosenden Kurzmitteilungsdienst installiert. Nachrichten kündigen sich durch ein Geräusch an, das in etwa so klingt wie der vergebliche Versuch einer Stubenfliege, sich aus einem Glas Pflaumenmus zu befreien, ungefähr so: »Wwwh wwwh.« Dazu vibriert das Telefon mit einer Dringlichkeit, als sei soeben der Heiland erschienen und bestelle drei Bier.

WhatsApp hat Facebook bei uns längst den Rang abgelaufen, was ich irgendwie seltsam finde, denn im Grunde genommen ist das ja nur SMS in etwas schicker. Unsere Tochter ist Teil von ungefähr zwanzig Gruppen mit verschiedenen Interessen, die sich ununterbrochen darüber austauschen, wer einen Feuerlöscher zum Grillabend auf der Wiese mitbringt (offenbar niemand) oder wer mit ins Kino kommt und wer den süßen Typen von der S-Bahn-Haltestelle kennt. Für Carla ist es völlig unvorstellbar, dass sich Jugendliche in den Achtzigerjahren einfach vormittags in der Schule für nachmittags verabredeten, dann pünktlich auftauchten, Zeit miteinander verbrachten und wieder nach Hause gingen; und zwar ohne zwischendurch noch 200 Nachrichten abzusetzen. Meine Jugend kommt ihr absurd vor, aber sie findet es völlig normal, mit ihrer Freundin Emma zu whatsAppen – und zwar während diese neben ihr auf dem Bett sitzt.

Manchmal möchte ich ihr Handy gerne mit einem großen Hammer zerschmettern, dann ist Schluss mit »wwwh-wwwh«. Neulich war es fast so weit. Mein Versuch, mit Carla einen gemütlichen Filmabend zu verbringen und »Das Fenster zum Hof« anzusehen, wurde durch ständiges Vibrieren und Tippen torpediert, weil Alex den Film ebenfalls ansah und sich die beiden währenddessen über WhatsApp darüber austauschten, dass – wwwh wwwh – Grace Kelly ein heißes Gerät und – wwwh wwwh – der Nachbar mit der Brille ganz schön eklig sei. Carla sah nur ungefähr ein Viertel des Films, fand ihn aber grandios, weil sie währenddessen auch noch die IMDB-Wertung las und den Wikipedia-Eintrag.

Obwohl ich beständig an ihren WhatsApp-Usancen herummeckere, bin ich in eine ihrer Gruppen geraten. Wahrscheinlich durch ein Versehen, anders kann ich mir das nicht erklären. Ich glaube, dass sie mich auf einer Liste mit Personen führte, die sie keinesfalls dorthin einladen wollte, und ich dann durch einen Copy-paste-Fehler doch einbezogen worden bin. So ähnlich wie Peter Sellers im Film »Der Partyschreck«. Jedenfalls landete ich am Mittwoch plötzlich in der WhatsApp-Gruppe »Was ist jetzt mit Samstag, verdammte Axt«. Außer mir befinden sich darin acht Mitglieder. Carla hat die Gruppe ins Leben gerufen, um die komplizierte Wochenendplanung ihrer Clique zu strukturieren. Sie fragt in die Runde, ob man am Samstag eher draußen oder drinnen sein wolle und ob eher chillen oder zappeln angesagt sei. Marian antwortet, das sei ihm egal, Hauptsache, er liege oben. Was immer das bedeutet. Lisa postet ein Schweinchen. Felix postet einen lachenden Zwerg. Ich halte mich zurück. Wenn ich entdeckt werde, schmeißen die mich ruckizucki raus.

Carla mahnt kommunikative Disziplin an und bittet um Abstimmung, ob man drinnen oder draußen feiern wolle. Justus stimmt für beides, Lilly verlässt die Gruppe, weil sie sich nicht entscheiden kann. Ariane und Paula sind für draußen. Damian sagt, das sei vom Wetter abhängig, zwei Beteiligte unterstützen diese Einlassung, und David schreibt »FC Bayern, Forever Number One«, worauf er von Carla aus der Gruppe geworfen wird und nicht mehr auftaucht, aber offensichtlich auch nicht vermisst wird.

Viel mehr passiert in dieser Gruppe nicht, jedenfalls wenn man das im Gruppentitel formulierte Kommunikationsziel zum Maßstab nimmt. Die Planung des Samstags kommt nämlich nicht voran, weil die Mitglieder ständig ausweichen und ganz andere Sachen besprechen, die aber auch wichtig sind. Immer wenn jemand etwas postet, macht es auf meinem Handy »wwwh-wwwh«. Es wwwh-wwwht stundenlang, öfter als einmal pro Minute macht es »wwwh-wwwh«, und ich lese alles mit, und zwar völlig schamlos, weil ich eingeladen bin. Ich darf das.

Hier die Highlights: Winfried aus der 12ten wird verdächtigt, sich in den Sommerferien einer Magenverkleinerung unterzogen zu haben. Der neue Mathelehrer ist für Lehrerverhältnisse hot, wahrscheinlich eine geile Drecksau, möglicherweise polymorph pervers, aber romantisch. Daraus entwickelt sich eine Diskussion darüber, dass man den ganzen Körper und insbesondere die Haare durch konsequentes Nichtwaschen reinigen kann. Man muss sich bloß sechs Monate lang nicht waschen, dann erledigt der Körper das selber durch Zellerneuerung, und besonders die Haare sind nach einer ekligen Übergangszeit wie neu. Die Gruppe mutmaßt, dass ein gewisser Jonathan aus der Schule diese Art der Körperreinigung bereits seit Jahren erfolglos praktiziert.

Dann entwickelt sich ein Diskurs darüber, wer wem Geld schuldet, und schließlich schwenkt die Gruppe wieder auf das eigentliche Thema ein und erörtert ausgiebig, ob Shisha-Rauchen am Samstag eine gute Idee oder endspießig sei. Ich finde dieses

Pfeifengenuckel mit Waldmeisteraroma ja grausam kleinbürgerlich, aber ich möchte nicht auffallen.

Im Laufe des Nachmittags kristallisiert sich heraus, dass die eine Hälfte der Gruppe »Was ist jetzt mit Samstag, verdammte Axt« gerne am See grillen würde, während die andere lieber bei irgendwem zu Hause chillen möchte, um dann anschließend entweder in die Stadt zu gehen oder »Halt mal kurz« zu spielen. Dabei handelt es sich um ein Kartenspiel, das sich der Lieblingsautor dieser Generation, Marc-Uwe Kling, ausgedacht hat. Es ist sehr lustig, das weiß ich aus Videos. Mitspielen durfte ich leider noch nie. Ich will aber so gerne, also klinke ich mich ein und poste: »Hey Leute, dufte Idee: Wie wär's mit Grillen bei uns, danach eine Runde ›Halt mal kurz‹, ich stifte das Bier.«

Sekunden später verlassen Lukas, Justus, Damian und Ariane die Gruppe. Was danach noch passiert ist, weiß ich nicht. Und ob sie an den See gefahren sind, kann ich nicht sagen. Denn vier Minuten nach meinem Posting steht auf meinem Display »Carla hat Sie entfernt«. Das tut weh. Und was mach ich jetzt am Samstag, verdammte Axt?

VONNE VERGEBLICHKAIT

Die Tatsache, dass sich im Leben ständig alles wiederholt, gibt uns die Möglichkeit, gewisse Fertigkeiten zu erlangen, die bei der Zahnreinigung oder dem Aufziehen von Schneeketten nicht ohne positive Wirkung bleiben. Bitter ist bloß, wenn sich diese nicht einstellt. Wenn jede Bemühung vergeblich ist. Wenn das Leben seine höhnische Fratze aufsetzt und sagt: »Das hier, das machst du jetzt bitte zum 384 639. Mal. Und morgen machst du es wieder.«

Wie bei Sisyphos, dem ollen Steineroller. Den sollen wir uns ja als glücklichen Menschen vorstellen und uns ein Beispiel an seiner ewigen sympathischen Unverdrossenheit nehmen. Was mir jedoch schwerfällt, wenn ich in der Garderobe stehe und auf die Klamotten meiner Kinder starre. Sie kommen nach Hause und schmeißen ihre Jacken auf den Boden. Dabei habe ich einst in Kleiderhaken investiert. Man kann sie problemlos erreichen. Einfach die Jacke an einem Arm herunterrutschen lassen, mit der am anderen Arm angebrachten Hand zugreifen und die Jacke dann über den Haken werfen. Es ist nicht so kompliziert wie Flüchtlingsströme regeln oder Abgaswerte fälschen. Aber sie machen es nicht. Die Jacke rutscht vom Arm und landet auf dem Boden. Neben dem Rucksack, der fallen gelassen wird wie Sturmgepäck nach einem zehnstündigen Gewaltmarsch. Natürlich habe ich ihre Sachen auch schon liegen lassen, aber das führt zu nichts. Also hänge ich sie auf.

Später versuchte ich vergeblich, Nick von schönen Schuhen für den Schulsport zu überzeugen. Das ist jedoch unmöglich. Er und seine Freunde tragen nur noch Sportschuhe, die an den Füßen aussehen wie Knallbonbons. Was war bitte falsch an den Modellen »Samba«, »Gazelle« und »Allround«? Es gibt sie immer noch, ich zeige sie ihm, aber er schüttelte nur mitleidig lächelnd den Kopf. Dann probierte er zunächst neongrüne, dann rosa und schließlich orange Plastiklatschen an. Er entschied sich für Letztere. Das Beste, was man über die hässlichen Dinger sagen kann, ist, dass sie für eine große Errungenschaft der zweiten Moderne stehen, nämlich einer gewissen, der allgemeinen

Metrosexualität geschuldeten Bekleidungstoleranz. In meiner Schulzeit wäre man für solche Turnschuhe noch über den Schulhof und auf den nächsten Baum gejagt worden. Insofern war ich mit Nicks neuen Schuhen versöhnt, als wir zu Hause ankamen und mein Sohn erwartungsgemäß seine Jacke auf den Boden warf.

Ich hob sie auf und setzte mich an den Rechner, um eine Mail zu schreiben. Ich möchte nämlich kein Wasser mehr geliefert bekommen. Um uns die Schlepperei beim Einkaufen zu ersparen, haben wir eine Getränkefirma beauftragt, alle zwei Wochen Mineralwasser zu bringen. Aber sie bringen zu viel. Das Wasser stapelt sich turmhoch im Keller. Ich habe schon mehrere Mails geschrieben: »Bitte schicken Sie kein Wasser mehr!«, stand darin. Oder: »Wir ertrinken!« Aber es kommt immerzu neues. In blauen Kästen. Also setzte ich mich hin und schrieb der Firma, dass ich mir vorkäme wie der Zauberlehrling. Ich zitierte sogar Goethe: »Soll das ganze Haus ersaufen? Seh' ich über jede Schwelle doch schon Wasserströme laufen.« Ich verlangte, die Lieferung einfach mal für ein Jährchen auszusetzen.

Dann bat ich die Kinder, vor dem Zubett-

gehen in ihrem Badezimmer auszumisten. Dort stehen ungefähr hundert Tuben, Dosen, Körbchen, Schachteln, Gläser, Tiegel, Flaschen und Fläschchen mit teils dubiosem Inhalt herum. Ich legte eine extragroße Mülltüte auf den Boden. Heute Morgen nach dem Frühstück kontrollierte ich die Tüte. Sie war fast leer. Es lag nur eine halb volle Duschgelflasche drin. Carla erklärte mir, es handele sich dabei um den einzigen entbehrlichen Gegenstand in ihrem Bad. Der Gestank dieses Duschgels sei nämlich abscheulich. Bei näherem Hinsehen stellte ich fest, dass es sich um mein Duschgel handelte. Ich habe es schon überall gesucht.

Dann klingelte es. Ich öffnete, und vor der Tür standen zwei Kästen Mineralwasser. Nummer 17 und 18. Ich trug sie in den Keller und machte mir Gedanken über die totale Sinnlosigkeit meines Lebens. Andererseits: Gerade die ist doch eigentlich schön! Was wäre ich denn, wenn alles nicht so verdammt vergeblich wäre? Es fehlten mir die Aufgaben, und ich wäre nur ein unnützer Wicht. Dann doch lieber Sisyphos.

TURBOJUGEND

Meine Lebensgeschichte kommt mir sagenhaft langsam vor, insbesondere meine Jugend, in der man Schallplatten umdrehen und Nadeln in Rillen setzen musste, bevor die Musik spielte. In der man warten musste, bis jemand anderes aus der Familie mit dem Telefonieren fertig war, bevor man selber irgendwo anrufen konnte. In der man bei MTV eine halbe Stunde lang geduldig Musikclips anschaute, bis etwas kam, das man mochte. In der man endlos lange brauchte, um ein Mädchen kennenzulernen. Meine Jugend glich einem gemächlichen Blättern im Buch des Lebens, die Jugend meiner Kinder ist eher so eine Art Daumenkino: Es flutscht ihnen in atemberaubendem Tempo durch die Finger. Die aktuellen Pubertiere erleben ungefähr vierhundertmal so viel wie wir, weil sie alles viel schneller machen. Jedenfalls wenn sie wach sind.

Besonders in puncto Beziehungen legen sie einen Affenzahn vor. Das Mädchen aus Frankreich blieb uns keine drei Wochen erhalten. Irgendwann erlahmte auf beiden Seiten das Interesse. So eine Fernbeziehung ist ungeheuerlich anstrengend, besonders wenn man vierzehn ist und ständig neue Versuchungen auftauchen. Jedenfalls ist Luce bereits eine schöne Erinnerung. Es tauchten schnell neue Namen auf. Und gerade hat sich Nick von Paula getrennt.

Sie waren ein Wochenende lang zusammen, dazu noch den halben Montag. Es sei eine schöne Zeit gewesen, aber am Ende sei es einfach nicht mehr gegangen, teilte er mir beim Frühstück mit. Sie hätten vollkommen unterschiedliche Vorstellungen von einer Beziehung, das habe er schließlich eingesehen. Da habe er sie gedroppt. Ich fand das unnötig grausam und fragte, wie er das getan habe. Persönlich? Per Brief? Doch nicht etwa am Telefon? Nick sah mich leicht kopfschüttelnd mit offenem Mund an und sagte: »Wer macht so was Blödes denn persönlich?« Ich antwortete, dass es höflicher gewesen wäre, wenn er sie getroffen hätte, um Schluss zu machen, aber das fand er old school wie alles an mir.

Eine Beziehung zu beenden, hat für ihn und

seine Freunde ungefähr denselben Stellenwert wie ein Anbieterwechsel für Strom, Gas oder Handy. Kann man alles per Kurznachricht machen. Das bedeutet natürlich nicht, dass die Kinder weniger gefühlig wären als wir. Überhaupt nicht. Eher im Gegenteil. Sie durchleben bloß sämtliche Stationen einer Partnerschaft viel rascher als wir, was vor allem damit zu tun hat, dass sie dauernd online sind. Paula und Nick hatten Freitagmittag beschlossen, sich zu mögen und nunmehr ein Paar zu sein. Er setzte noch am selben Tag ungefähr 3765 Kurznachrichten, Emoticons und Fotos an sie ab und erhielt mindestens ebenso viele von ihr zurück. Dann war es Samstag, und sie trafen sich. Sie verbrachten Zeit miteinander, dann brannten sie abermals ein wahres Feuerwerk von Textchen und Bildchen ab. Nicks Smartphone brummte und piepte entfesselt. Am Sonntag machte er sich mit dem ununterbrochen vibrierenden Ding in der Hand auf den Weg, um mit Paula und den anderen aus ihrer Clique ins Kino zu gehen.

Er kam zurück, als es dunkel war, und es folgten weitere 8621 Messages. Und am Montag war schließlich alles gesagt, da war es aus und Paula Geschichte. Umgerechnet auf die medialen Möglichkeiten des Jahres 1984, entspricht dieses Wochenende einer Beziehungsdauer von siebeneinhalb Monaten. Wir brauchten damals allein deswegen so lange, weil es noch keine kommunikativen Abkürzungen wie Zungensmileys oder Teufelchen gab. Man saß an liebevoll zusammengestellten und mit einer gewissen Dramaturgie ausgestatteten Mixtapes, die in Echtzeit von Schallplatten auf Cassetten überspielt werden mussten, und gestaltete dazu auch noch die Hüllen. Heute schickt man eine in wenigen Augenblicken von einem Algorithmus editierte Spotify-Playlist. Wir schrieben stundenlang an Briefen, die mit der Post gesendet und frühestens am nächsten Nachmittag geöffnet wurden. Und warteten danach ebenfalls einen Tag auf eine Antwort. Mindestens. Heute geht das in Sekunden, und man muss sofort darauf reagieren. Sonst ist man ein Alpha-Kevin. In den Augen meines Sohnes bin ich das, denn ich schreibe manchmal Briefe mit einem Füller.

Wenn das in dieser Geschwindigkeit weitergeht, ist mein Sohn mit 18 zweimal geschieden und desillusioniert. Vielleicht geht es sogar noch schneller. Er hat mir gerade erläutert, dass für Frauen in seinem Leben kein Platz mehr sei. Sie seien ja doch

alle gleich. Er habe dafür keine Zeit. Dann machte es »ping« auf seinem Handy. Ich fragte ihn, was los sei, und er zeigte mir sein Display. Darauf zu sehen: ein Keks, ein tanzendes Mädchen, ein Smiley mit Herzchen als Augen. »Von Chiara«, sagte er. Und dass er da mal schnell antworten müsse. Ich gebe dieser Sache vier Tage.

IM PUBERTIERLABOR:
SPAZIERGANGGEBEN UND -NEHMEN

Während an Werktagen bei Pubertieren ein steter Wechsel von einerseits geradezu katatonischer Zockerstarre und andererseits rastlosem Sporttreiben zu verzeichnen ist, wird der Sonntag im Wesentlichen dadurch gefüllt, dass Pubertiere lange schlafen, um dann etwas auszuruhen und auf der Couch zu chillen. Zwischendurch sind sie empfänglich für Nahrung, nicht jedoch für Gespräche oder körperliche Betätigungen. Das findet der Versuchsleiter prinzipiell in Ordnung, denn die Pubertiere sind auf diese Weise wehrlos seinen Vorträgen ausgeliefert, in denen er das Nichtstun geißelt und seinen Pubertieren erzählt, dass es zu Zeiten seines eigenen Urgroßvaters so etwas wie einen Sonntag für Kinder gar nicht gegeben habe, weil sie erst in die Kirche, dann in die Sonntagsschule und schließlich in den Garten mussten, um Dicke Bohnen auszumachen. Die Pubertiere ignorieren ihn und widmen sich brummenden, zischenden und piependen Vorgängen an ihren Mobilgeräten.

Der Versuchsleiter hat Lust auf ein Experiment und erinnert sich an den Satz des Kabarettisten Hanns Dieter Hüsch, dass es in jeder Familie Spazierganggeber und Spaziergangnehmer gebe. Der Versuchsleiter möchte das überprüfen und begibt sich in die Rolle des Spazierganggebers. Als solcher setzt er sich zu den Pubertieren und spricht: »So, liebe Kinder, jetzt machen wir mal einen schönen langen Sonntagsspaziergang.« Dann schreibt er mit, was die Pubertiere antworten, nämlich: »Digger, es ist neblig, mich kriegt nix von der Couch, es ist fast dunkel, da habe ich Angst, ich muss noch die Goldene Lanze nach Ascharoth bringen und meine Skills verbessern.« Alles Ausreden, notiert der Versuchsleiter und führt ins Feld, dass Kinder regelmäßig gelüftet werden müssten, weil sie sonst bei einem etwaigen Notverkauf nicht genug einbrächten.

Das männliche Pubertier Nick behauptet, Spazierengehen sei eine totale Oppa-Tätigkeit. Niemand unter vierzig gehe spazieren, und er mache überhaupt nur lange Wege, wenn diese zu einem sinnvollen Ziel führen. »Unser Zuhause ist das Ziel«, sagt der Versuchsleiter, aber das weibliche

Pubertier winkt ab und stellt fest, dann sei ja alles gut, denn dann sei sie bereits am Ziel. Und außerdem gehe sie nicht mit, weil sie gestern auf der Suche nach einem Paar Turnschuhe bereits zwölf Kilometer durch die Stadt gelatscht sei.

Nun probiert der Versuchsleiter eine andere Taktik und gibt als Ziel ein Wirtshaus an, in welchem Kuchen gegessen werden könne. Das männliche Pubertier bemerkt oberschlau, wenn das Wirtshaus das Ziel sei, könne man ja anschließend mit dem Taxi nach Hause fahren. Der Versuchsleiter wird sauer und bringt sämtliche Jacken ins Wohnzimmer, worauf er als Sklaventreiber, Diktator und Frischluftnazi bezeichnet wird.

Auf den ersten hundert Metern bleibt die Gruppe noch dicht zusammen, was auch an der Konversation liegen könnte, denn der Versuchsleiter und seine Gattin sprechen über Weihnachtsgeschenke. Der Versuchsleiter wünscht sich einen schönen Wasserkocher, weil er den alten apokalyptisch hässlich findet. Von jenem behauptet die Gattin jedoch, er sei nicht hässlich, sondern markant und darüber hinaus ein Geschenk ihrer Mutter. Der Versuchsleiter hofft, dass das ultrabrutal scheußliche Teil einfach stirbt.

Als die Sprache auf Donald Trump kommt, lässt das männliche Pubertier abreißen und trödelt, es muss mehrfach auf ihn gewartet werden. Bei der Konversation über die SPD-Kanzlerkandidatur kommt das weibliche Pubertier komplett zum Stillstand und beklagt, dass die Themen für sie echt zu low seien. Das Ziel »Wirtshaus« wird nach einem Sitzstreik der Pubertiere auf der Straße einen Kilometer vor dessen Erreichen in »Zuhause« abgeändert. Insgesamt stoppt der Versuchsleiter eine Spaziergangdauer von 31 Minuten und vierzehn Sekunden, was er gut, aber ausbaufähig findet. Aus lauter Begeisterung schlägt er eine schöne Teeplauderstunde vor und bittet seinen Sohn, das Teewasser aufzusetzen. Das männliche Pubertier lässt wenige Augenblicke später den Wasserkocher fallen, der durch den Verlust des Griffes irreparabel beschädigt wird. Der Versuchsleiter steckt seinem Sohn dafür später heimlich fünf Euro zu. Auf diese Weise haben beide etwas von dem Spaziergang gehabt.

WISCH UND WEG

Nach dem sonntäglichen Gewaltmarsch knallten sich unsere Kinder wieder auf die Couch, und ich setzte mich dazu, was sie an Sonntagen komischerweise nicht stört. Wenn keine Schule ist, sind sie spürbar sanfter zu ihrem Vater. Dieses Verhalten kennt man auch von professionellen Henkern und Drogenbaronen: Wenn der Stress gerade gering ist, sind sie zutraulich und lassen einen an ihrem Leben teilhaben. Und so lernte ich an diesem Nachmittag etwas dazu. Es ist nämlich für einen jungen Mann sehr von Vorteil, wenn er eine große Schwester hat. Vor allem in Liebesdingen sind große Schwestern unverzichtbare Ratgeberinnen.

Die Liebesdinge regeln sich zu großen Teilen am Telefon, und dabei spielt offenbar das »Wegdrücken« von Gesprächsteilnehmern eine ganz wichtige Rolle. Das war mir bisher nicht klar, denn ich drücke nie jemanden weg. Das hängt mit meiner Erziehung zusammen. Ich bin schließlich in einer Zeit groß geworden, in der Telefone noch Schnüre hatten. Angerufen zu werden oder gar selber jemanden anzurufen, war in den Siebzigerjahren zumindest für Kinder noch etwas Aufregendes. Meine Eltern brachten mir bei, dass man sich mit dem ganzen Namen meldet, um Verwechslungen auszuschließen und aus Höflichkeit. Ich kannte noch Familien, in denen die Eltern erst ihren Namen und dann »am Apparat« sagten. So Elisabeth-Flickenschildt-im-Edgar-Wallace-Film-mäßig. Am besten noch mit »Sie wünschen« hintendran. Man überlegte sich genau, ob man überhaupt und wenn ja zu welcher Zeit man anderswo anrief. Habe ich alles noch so gelernt. Und daher gehe ich immer dran, wenn es klingelt. Ich erwähne das in dieser Ausführlichkeit, weil meine Kinder mit diesem Medium völlig anders umgehen.

Wenn mein Sohn ans Telefon geht, klingt er jedes Mal, als wäre er aus einem mehrjährigen Tiefschlaf erwacht. Er sagt nicht, wie er heißt, sondern »Yo?« Ich habe ihm Tausende Male gesagt, er solle gefälligst seinen Namen sagen. Er befindet sich im Stimmbruch, manchmal klingt er wie ich. Und ich melde mich nicht mit »Yo?«, erst Recht nicht, wenn meine Verlegerin dran ist. Oder der

Bundespräsident. Es hat mich noch nie ein Bundespräsident angerufen, aber völlig ausgeschlossen ist das nicht. Johannes Rau soll das öfter getan haben. Er ließ sich dann und wann zu Bürgern durchstellen, und wenn die sich meldeten, begann er das Gespräch mit: »Guten Tag, hier ist Ihr Präsident.« Falls Herr Steinmeier das auch macht, möchte ich nicht, dass er mit »Yo?« begrüßt wird.

Manchmal sagt Nick auch: gar nichts. Er hört nur ewig lange zu und leiert dann: »Das können Sie meinem Vater gleich alles noch einmal sagen.« Was ebenfalls vorkommt: Er sagt »Yo?« und reicht das Telefon dann wortlos weiter wie eine Friedenspfeife. Meine Kinder haben leider so gar nichts Flickenschildtisches in ihrem Kommunikationsrepertoire. Erst recht nicht, wenn sie mit ihren eigenen Telefonen zugange sind. Und da entwickelt sich offenbar das Wegdrücken von Gesprächen zu einer eigenen Form der Kommunikation, wie ich feststellen durfte, als ich Carla und Nick dabei beobachtete, wie sie ein Gespräch nicht führten. Wir saßen also auf der Couch, und Nicks Handy klingelte. Nick sagte: »Das ist Pauline.« Das ist ein sehr nettes Mädchen. Ich glaube, Nick ist ein bisschen in sie verknallt.

»Drück sie weg«, befahl Carla.

»Warum denn, ich will mit ihr reden«, sagte Nick.

»Drück sie weg«, wiederholte Carla. »Vertrau mir. Sie wird noch einmal anrufen. Und dann drückst du sie wieder weg.«

»Also guuut«, sagte Nick und drückte an seinem Handy die rote Taste. Wenige Sekunden später klingelte es erneut. Abermals Pauline. Nick nahm das Gespräch wieder nicht an, wirkte jedoch etwas ratlos. »Und jetzt?«, fragte er seine Schwester. »Jetzt wartest du eine Minute und rufst bei ihr an. Wenn sie dich wegdrückt, ist die Sache klar. Dann seid ihr so gut wie zusammen.« Er wartete einen Moment, dann drückte er auf »Rückruf«. Es klingelte dreimal, dann wurde er von Pauline weggedrückt. »Siehst du?«, rief Carla. »Sie hat Interesse. Sonst würde sie dich nicht wegdrücken.«

So ging das eine ganze Weile. Schließlich telefonierten die beiden irgendwann doch noch. Sie sind heute fürs Kino verabredet. Offenbar funktioniert die Sache mit dem Wegdrücken ziemlich gut, ist aber wohl eher was für Pubertiere. Als ich vorhin meine Frau wegdrückte, schickte sie mir eine SMS. In der stand: »Du hast sie wohl nicht alle?« Nach

zwanzig Jahren Ehe ist Wegdrücken offenbar nicht allererste Wahl, um das Interesse der Partnerin zu wecken.

VERKEHRSERZIEHUNG

Meine Frau und ich haben damals eine sehr meinungsfreudige und kommunikative Tochter in die Welt gesetzt. Das hat mir immer gut gefallen, auch wenn ihre Bereitschaft zur Auseinandersetzung bisweilen ziemlich hohe Ansprüche an die elterliche Psyche stellt. Als Carla vier Jahre alt war, ermahnte ich sie einmal, sie möge bitte nicht mit vollem Mund sprechen. Darauf antwortete sie blitzartig: »Dann frag mich nichts, wenn ich gerade esse.« Und als ich ihr bei anderer Gelegenheit mit dem Elternklassiker »Immer musst du das letzte Wort haben« kam, konterte sie gespielt unschuldig: »Woher soll ich denn wissen, dass dir nichts mehr einfällt?«

Und so ist Carla zu einem sehr starken Pubertier geworden. Bei Bedarf kann sie sich übrigens auch blitzschnell in andere Tiere verwandeln. In ein Lamentier zum Beispiel. In ein Boykottier und besonders gerne in ein Diskutier. Als solches sucht sie regelmäßig die Auseinandersetzung mit ihrem Vater und bringt ihn nicht selten an den Rand seiner intellektuellen Möglichkeiten. Im Moment doziert sie gerne zu ihrem aktuellen Lieblingsthema, der geschlechtergerechten Sprache. Sie gendert auf Teufel komm raus. Vor Kurzem kam sie aus dem Zirkus, den sie als Begleitperson für einen Kindergeburtstag besucht hatte, und teilte mit, es habe dort Elefantinnen und Elefanten gegeben. Das schreit nach Notwehr.

Manchmal ärgere ich sie deshalb und frage zum Beispiel, ob ich vom Einkaufen auch Studierendenfutter mitbringen solle. »Studentenfutter« dürfe man ja nach Genderlogik nicht mehr sagen. Carla findet das ganz im Ernst richtig so. Schließlich denke man bei dem Begriff »Studenten« nur an Männer. Frauen seien also schon rein sprachlich unterrepräsentiert und diskriminiert. Was für eine seltsame Behauptung. Woher will denn diese Gendertaliban wissen, woran ich beim Begriff »Studenten« denke? Assoziativ fällt mir dazu weder etwas spezifisch Männliches noch etwas Weibliches ein, sondern Knoblauchbrot, ungemachte Betten und Haare überall.

Den Begriff »Studierende« halte ich zudem

nicht nur für sprachlich grausam, sondern vor allem auch für falsch, denn Studierende und Studenten sind nun einmal nicht dasselbe. Ein Trinkender ist ja auch nicht unbedingt Trinker. Ein Trinkender ist jemand nur so lange, wie er gerade trinkt. Ein Trinker hingegen ist ein Alkoholiker. Ein Studierender oder eine Studierende ist jemand, der oder die gerade im Moment etwas studiert, zum Beispiel die Getränkekarte. Direkt danach ist diese Person entweder ein Student oder eine Studentin, der oder die gerade die Getränkekarte studiert hat. Möglicherweise handelt es sich um einen studierenden Trinker, das mag sein. Wenn die Getränke kommen, und der studierende Trinker sitzt neben seiner Dozentin, dann handelt es sich bei ihr um eine studierte Trinkende, jedenfalls solange sie trinkt. Oder um eine studierte trinkende Trinkerin. Oder um eine trinkende Studierte. Das sind Feinheiten der Sprache, die beim Gendern leider verloren gehen. Das finde ich sehr schade.

Zurzeit leidet Carla unter einer elementaren schulischen Doppelbelastung, sie muss nämlich morgens in die Schule und abends auch noch in die Fahrschule. Das ist für alle Beteiligten sehr, sehr anstrengend, denn es wirft noch mehr kontroverse Fragen auf als sonst. Warum sie unbedingt Physik lernen muss. Warum man das Abitur braucht. Warum man beim Linksabbiegen den Gegenverkehr erst vorbeilassen soll. Die letzte Frage ist einfach zu beantworten: Irgendwer muss es tun.

Sie rechnete mir dann vor, dass sie für den dämlichen Lappen an die eintausend Fragen beantworten müssen könne. Ich erklärte ihr, dass ungefähr 920 dieser Fragen im Grunde lediglich Abwandlungen der Frage seien, wer zuerst losfahren darf. Das könne man gut lernen. Sie fand, dass dies reine Schikane sei. Darauf gab ich zu, dass sie recht habe, und sagte: »Okay. Stimmt. Außer dir hat das noch nie jemand durchgemacht. Die Wahrheit ist: Alle 40 Millionen Autofahrer in Deutschland haben gar keinen Führerschein. Ich auch nicht. Du bist die Allererste. An dir wird dieses Verfahren ausprobiert.«

Da wurde Carla böse und verließ den Esstisch, um in ihr Zimmer abzudampfen. Ich wollte sie beruhigen und rief ihr hinterher: »Hey, chill mal deine Base!« Ich dachte, das würde ihr gefallen, aber sie sprach dann einen ganzen Tag lang nicht mit mir. Recht hat sie. Erwachsene, die Jugendsprache verwenden, gehören geächtet und für immer gebrandmarkt. Außerdem soll man sich davor hüten, die Kinder zu provozieren, und sich tunlichst an die alte Spruchweisheit halten, die da lautet: »Quäle nie ein Pubertier zum Scherz, denn es könnt' geladen sein.«

Diese Regel beherzige nicht nur ich zu selten, sondern auch ihr Fahrlehrer. Dieser bat unsere Tochter letzte Woche im Rahmen einer Fahrstunde dringend darum, vor dem Abbiegen zu blinken. Darauf Carla: »Nö, wieso denn? Dann weiß ja jeder, wo ich hinwill. Das geht doch keinen was an? Ist doch ein freies Land, oder? Halloo?« Der Fahrlehrer hat dann gesagt, sie sei offensichtlich noch nicht reif für die Prüfung, und brummte ihr noch drei Fahrten auf. Man muss sagen, es läuft irgendwie nicht rund zwischen den beiden.

Gestern kam sie wieder von der Fahrstunde und war genervt. Die anderen Autofahrer seien Deppen und Trottel, und jede Fahrt bereite ihr totalen Stress. Es sei nämlich so, dass die meisten Männer Grimassen zögen, die man im Rückspiegel gut sehen könne. Sie überholten aggressiv und schauten dann genervt zu ihr rüber. Sie fühle sich ständig unwohl im Auto. Das kann ich gut verstehen. Es muss

irgendwo im Mann eine Art Spezialgen geben, das dieses Benehmen gegenüber Fahranfängern steuert und das Dümmste zutage fördert, nämlich Ignoranz, Rücksichtslosigkeit und Aggression.

Um ihr Selbstvertrauen zu stärken, fuhr ich mit Carla zum Biotop für Fahrschüler, dem sogenannten Verkehrsübungsplatz. Dort kann man keine Omis überfahren oder Blechschäden verursachen, es ist eine Idealwelt für siebzehnjährige Mädchen. Carla schlich über den Parcours, wobei sie zunächst zwei Minuten lang kontemplativ an einem Stoppschild anhielt, um anschließend den Motor abzuwürgen. Dann bog sie verkehrt herum in den Kreisverkehr ein, weil sie das genau so auch bei der Tour de France gesehen hatte. Immerhin gelang es ihr mit einer fulminanten Vollbremsung, den Frontalzusammenstoß mit einem hochbeinigen Audi zu verhindern. Am Steuer saß ein gegelter Jüngling, der von seinem Vater ermutigt wurde, das Fenster herunterzufahren und meine Tochter wie von Sinnen anzubrüllen. Sein Vater hielt das offenbar für eine sinnvolle Verkehrsübung und tätschelte wohlwollend den glitschigen Kopf seines Fahrschülers.

Dann fuhren wir durch eine Strecke mit Pylonen, deren Sinn Carla dahingehend interpretierte, dass man möglichst viele von den Dingern abräumen müsse. Wie beim Bowling. Sie schaffte 16 von zwanzig Stück und wollte, von diesem nicht so schlechten Ergebnis angestachelt, gleich noch einmal durchfahren, aber ich bestand darauf, dass wir Anfahren am Berg üben müssten, weil das eine sehr gefragte Maßnahme ist, besonders in San Francisco, Kitzbühel und Wuppertal. Dann gingen wir zum Einparken über. Carla entledigte sich dieser Aufgabe mit Bravour, auch wenn ich zugeben muss, dass 17-maliges Korrigieren in einer Parklücke von 12 Metern Breite durchaus rekordverdächtig erscheint.

Dann kreuzten wir durch ein angedeutetes Wohngebiet mit zahlreichen Vorfahrtsituationen. Carla verhielt sich umsichtig wie eine Eule, drehte den Kopf vorschriftsmäßig um 190 Grad, dann wurde ihr die Vorfahrt von dem jungen Lackaffen im Audi genommen, der einfach durchheizte und nicht einmal zur Kenntnis nahm, dass wir von rechts kamen. Da war ich mit meiner Geduld am Ende. »Hinterher«, brüllte ich, »Tempo!« Carla gab Gummi. Wir verfolgten den Kerl und seinen Vater. Ich dachte daran, die beiden bei der nächsten

Gelegenheit zu überholen, auszubremsen und den Arsch aus dem Auto zu ziehen, um ihm die Fresse zu polieren. Und seinem Ollen auch. Leider saß nicht ich am Steuer, und so gestaltete sich die Verfolgungsjagd etwas zäh, zumal Carla das Tempolimit von 30 km/h deutlich unterschritt. Sie erklärte mir, dass ihr irgendwie der Mut für so eine Verfolgungsjagd fehle.

Da erinnerte ich sie an ein Spiel, von dem mir Nick erzählt hat. Es ist das Lieblingsspiel aller 14-jährigen Jungs bei uns in der Gegend, und es geht so: Einer sagt leise »Penis«, dann ist der Zweite dran und sagt etwas lauter »Penis«, dann wieder der Erste, wieder etwas lauter. Wer sich nicht mehr traut, hat verloren. Nick und sein Kumpel Finn spielen das immer in der S-Bahn. Jedenfalls muss man auch mal ein Wagnis eingehen, man muss mal mutig sein, man darf sich nicht alles gefallen lassen, man muss hier und da über persönliche Grenzen gehen. Sagte ich. Carla nickte entschlossen. Dann bog sie links ab, schlich sich an die nächste Kreuzung heran und fuhr das Beifahrerfenster runter. Als der Audi von rechts nahte, ließ sie die Kupplung los, donnerte scharf vor ihrem Widersacher über die Straße und brüllte aus Leibekräften: »PEEEENIS!« Mir blieb fast das Herz stehen. Und den Idioten im Audi auch.

Wir fuhren dann bald nach Hause. Beim Abendessen erzählte Carla ihrer Mutter, der Nachmittag mit ihrem Vater sei eine Anleitung zu weiblicher Selbstertüchtigung gegen das Pimmel-Patriarchat auf der Straße gewesen. Beide Frauen waren dann sehr stolz auf mich.

WITZ-BATTLE

Samstags habe ich frei. Die Kinder beschäftigen sich inzwischen weitgehend mit ihrer Peer Group, ich habe am Wochenende keine Arbeit und keine Verpflichtungen, sondern nur Kaffee, Zeitung und Fußball. Und auch abends: nüscht. So hätte ich das jedenfalls gerne, aber da habe ich die Rechnung ohne meine Frau gemacht. Sie ist Italienerin, und sie mag es gerne, wenn man am Samstag viele Leute sieht. Ich war häufig die ganze Woche unterwegs, um Menschen vorzulesen, ich war also die ganze Zeit unter vielen Leuten. Ich brauche das am Samstag nicht so dringend. Aber wenn ich das sage, antwortet sie: »Pech gehabt, wir gehen heute Abend zu den Soundsos.« Sie liebt es aus unerfindlichen Gründen, in fremden Haushalten zu Abend zu speisen. Also gehe ich mit, und meistens ist es auch sehr schön. Man muss dann aufessen, was die anderen Leute gekocht haben, und währenddessen über Politik oder Autos oder Rasensprenger reden. Am Ende fahren wir heim, und es war sehr nett.

Ich habe mich jedenfalls damit abgefunden. Es gibt tatsächlich nur ein Ehepaar, zu dem ich nicht will. Lorella und Jürgen. Das ist insofern schlecht, als Lorella Saras große Schwester ist. Das ist Familie. Italienische Familie. Dem kann man sich leider nicht entziehen. Der Kontaktabbruch ist eine in Italien weitgehend unbekannte Geste der Erleichterung. Und deshalb muss ich sehr regelmäßig zu den beiden. Das ist hart für mich. Ich kann nämlich leider mit den beiden gar nichts anfangen. Jürgen hat nämlich eine ganz ausgeprägte Esoterik-Macke.

Alles bei ihm hat irgendwie mit Energieflüssen zu tun, er sammelt Gebetsteppiche und Klangschalen, und er begrüßt mich seit zwanzig Jahren mit den Worten: »Mit deinem Wurzelchakra stimmt was nicht.« Es ist zum Wahninnigwerden. Außerdem weiß ich nie, was ich dem Mann zum Geburtstag schenken soll. Beim letzten Mal, im vergangenen November, besuchte ich zuerst eine einschlägige Internetseite. Dort konnte man »Achtsamkeitsprodukte« erwerben, genau das Richtige für Jürgen. Dachte ich. Die Firma »Olivenholz erleben« bot zum Beispiel für 24,90 Euro einen

»Engel der Achtsamkeit« an, der als »gemütlich-
romantische« Hervorbringung angepriesen wurde,
aber durchaus auch als pottenhässlich durchgeht.
Für 20 Euro mehr hätte ich ein »Achtsamkeits-
set« bestellen können. Es besteht aus Buntstiften
sowie zwei Ausmalbüchern. Und Zeitschriften
zum Thema gab es auch. Eine davon bewarb sich
mit den Begriffen »Lebendig. Achtsam. Sein«.
Mit Pünktchen dazwischen. Wie bei Drei Wetter
Taft: Hamburg. München. Rom. Ich entschied,
dass ich doch lieber den stationären Handel auf-
suchen wollte, und fuhr in die Stadt in einen Laden,
in dem Jürgen sich gerne rumtreibt.

Ich schilderte dem Verkäufer meinen Wunsch
nach einem originellen Geschenk, und er holte
eine hölzerne Halbkugel unter seinem Tresen hervor. Aus Kirschholz. Ungefähr so groß wie ein hal-
bierter Handball.

»Was ist das?«, fragte ich.

»Das«, der Mann machte eine Kunstpause und
atmete tief in seinen Bart, »ist Evas Busen.«

»Ach was«, sagte ich ehrlich überrascht. »Und
was macht man damit?«

Der Bärtige erklärte mir, dass man den Busen
streicheln müsse, wenn man gestresst sei. Ärger

und Anspannung würden energetisch in das Holz abgeleitet, man fühle sich sofort entspannt und befreit, wenn man das Holz nur wenige Sekunden lang gestreichelt habe.

»Probieren Sie es aus«, sagte der Mann.

»Aber ich bin nicht gestresst«, sagte ich ängstlich.

»Probieren Sie es aus«, wiederholte er, und ich gehorchte, weil ich fürchtete, von ihm in ein leuchtendes Salzkristall verwandelt zu werden. Es fühlte sich auch ganz gut an, aber ich vermisste eine Reaktion seitens des Busens.

Schließlich kaufte ich das Ding, es war sauteuer, und Jürgen freute sich sehr. Fatalerweise nahm er Evas Busen dann mit ins Büro und bekam deswegen großen Ärger. Während einer Konferenz, die für ihn irgendwie nicht gut lief, holte er nämlich seine Holztitte raus und knallte sie auf den Konferenztisch, um dann fieberhaft darauf herumzureiben. Er hat dann eine Abmahnung bekommen. Wegen sexistischen Verhaltens.

Wie dem auch sei. Ich fahre nicht so gerne zu Lorella und Jürgen. Das liegt auch am Essen. Vegan natürlich. Ist klar. Damit käme ich zurande. Und dann kochen sie aber außerdem auch noch nach

Mondphasen. Und nach Blutgruppen. Bevor man hinfährt, braucht man schon ein sehr großes Leberwurstbrot, um den Abend zu überstehen. Man könnte darüber lachen, man könnte vielleicht sogar gemeinsam über den ganzen Irrsinn lachen, aber das geht nicht, denn Humor bildet nicht unbedingt die Kernkompetenz dieser Menschen. Beide, Jürgen und Lorella, lachen nur äußerst ungern. Über wirklich lustige Dinge wie zum Beispiel Homöopathie darf man bei ihnen überhaupt keine Scherze machen. Und wenn doch, müssen Pointen bis zu eine Million Mal verdünnt und zehnmal umgerührt werden. Kein Wunder, dass sie dann nicht mehr wirken.

Wenn Lorella spricht, rauschen immer todernste, relevante, soziologische oder politische Subtexte mit. Angenommen, sie ruft: »Das Essen ist fertig«, dann enthält dieser banale Text Unterbotschaften. Erstens: Lorella hat sich dem Patriarchat gebeugt und gekocht, wofür sie keinen Dank, aber Mitgefühl erwartet. Zweitens: Das Wasser, mit dem sie gekocht hat, übergibt uns die Erinnerungen ganzer Generationen von Kieselsteinen aus dem Bodensee. Drittens: Umwelt und Natur haben Lebensmittel preisgegeben, was überhaupt keine

Selbstverständlichkeit ist, wenn man einmal in die vernarbte Psyche eines Chicorées hineingehorcht hat. Und viertens: Das Essen ist fertig.

Bei diesem Essen – es gab veganen graubraunen Matsch mit einem grünen Kloß und Vata-Tee – ging es zunächst schweigsam zu, weil Jürgen in sich und sein Essen atmen wollte, wobei man nicht reden darf. Aber dann unterhielten wir uns doch noch, und Lorella kündigte an, einen Witz zu erzählen. Ich kenne sie seit über zwanzig Jahren. Sie hat noch nie auch nur etwas Ähnliches wie einen Scherz gemacht, jedenfalls nicht absichtlich. Und es folgte ein Witz, dessen Erzählung Lorella so vollständig vergeigte, dass ich eher darüber als über die Pointe lachen musste.

Es handelte sich um einen jener Scherze, in denen man drei Personen unterschiedlicher Nationalität auftreten lässt. In diesem Fall einen Amerikaner, einen Russen und einen Deutschen. Anstatt gleich mal mit dieser nicht ganz unwichtigen Info zu beginnen, sagte Lorella: »Drei Männer streiten sich. Der eine sagt, dass er zuerst im Weltall war. Und ein Amerikaner sagt, das stimme gar nicht, denn er sei auf dem Mond gewesen. Und da sagt ein Deutscher: Jaaa, aber wir fliegen nachts.«

Betretenes Schweigen. Ich habe den Witz später gegoogelt. Er geht so: Ein Russe, ein Amerikaner und ein Deutscher streiten, welches die größte Weltraumnation sei. Der Russe ruft: »Wir waren die Ersten im Weltall!« Der Amerikaner schreit: »Aber wir waren die erste Nation, die Menschen auf den Mond brachte!« Da sagt der Deutsche: »Mag sein. Aber wir Deutsche werden die Ersten sein, die zur Sonne fliegen.« Darauf die anderen: »Aber das geht doch gar nicht! Die Sonne ist doch viel zu heiß!« Da sagt der Deutsche: »Das haben wir selbstverständlich berücksichtigt. Wir fliegen nachts.« Eigentlich nicht übel, wenn man ihn denn richtig bringt.

Dann erzählte Sara einen Witz. Sie ist gut darin. Der Witz ging so: Treffen sich zwei Spermien. Sagt das eine: »Wenn ich zuerst ankomme, werde ich ein Junge.« Darauf antwortet das andere: »Pah. Ich bin zuerst da. Und ich werde ein Mädchen!« Plötzlich schreit ein Kuchenkrümel: »Ihr Deppen werdet gar nix, ihr seid in der Speiseröhre!« Ich musste lachen und verschluckte mich beinahe an dem grünen Kloß. Jürgen und Lorella schwiegen. Dann sagte Lorella: »Was soll denn daran lustig sein? Ich meine, wie sind denn diese Spermien in

die Speiseröhre gekommen? Das ist doch völlig un-
logisch.« Sara legte ihr eine Hand auf den Arm
und sagte: »Stimmt, darüber habe ich nicht nach-
gedacht.« Wir sind dann sehr bald nach Hause gegangen. Lorella und Jürgen haben bestimmt noch
lange über Saras Witz diskutiert.

FUSSBALL UND FRAUEN

Komischerweise interessiert sich Nick kaum für Fußball. Das Spiel langweilt ihn. Besonders im Fernsehen. Er war auch nie im Fußballverein. Ganz im Gegensatz zu mir. In den Siebzigerjahren gab es auch noch kein Snowboard, und Skateboards hießen Rollbretter. Im Grunde hatte man nur die Wahl zwischen Leichtathletik, Handball, Tennis und Fußball. Ich spielte auf Halbrechts beim TuS Bösinghoven. Diesen Verein gibt es heute nicht mehr. Er wurde mit dem ASV Lank fusioniert und ist Geschichte. Egal.

Das Spiel lief jedenfalls meistens an mir vorbei, was auch daran lag, dass ich bis zu meinem zehnten oder elften Lebensjahr nicht kapierte, wo links und rechts war. Dies erwies sich bereits zu Beginn des Spiels als echtes Handicap, weil ich nie so genau wusste, wo ich mich zum Anpfiff hinstellen sollte. Ich beobachtete, wo der Halblinke unserer Mannschaft Aufstellung nahm, und begab mich dann auf

die gegenüberliegende Position. Auch im Spiel achtete ich immer darauf, wo der Halblinke hinlief, um auf der anderen Seite zur Verfügung zu stehen. Ich bewachte sozusagen meinen Mitspieler, ließ gegnerische Angreifer deshalb meistens kampflos passieren. Wenn ich mal den Ball hatte, brüllte der Trainer » rechts rüber « oder » nach links «, worauf ich den Mittelweg wählte und einen Pass geradeaus in den freien Raum spielte, welcher jedoch so was von frei war, dass der Trainer sich die Hand an die Stirn schlug. Der Mann hieß Bübi. Manchmal rief er, wenn ich den Ball hatte: » Komm, lass knacken. « Das verunsicherte mich derart, dass ich stoppte und darüber nachdachte, was er wohl meinte. Und dann war der Ball wieder weg. Hand vor die Stirn. *Patsch.*

Das einzige Tor, das ich in meiner kurzen Fußballerkarriere erzielt habe, war ein Elfmeter. Ich wurde als Schütze nachnominiert, weil es nach fünf Elfmetern immer noch unentschieden stand. Ich traf, aber wir verloren trotzdem. Etwa zu jener Zeit wurde ich gefragt, für welchen Verein ich sei. Ich war acht Jahre alt, und die Frage überforderte mich, denn allein im Umkreis von 40 Kilometern rund um meinen Heimatort gab es zwölf Möglichkei-

133

ten, sein Fußballherz zu vergeben, wenn man bloß die Vereine der ersten und zweiten Liga aufzählte. Das waren Bayer Uerdingen, Fortuna Düsseldorf, MSV Duisburg, Borussia Mönchengladbach, Bayer Leverkusen, Rot-Weiß Essen, FC Köln, Fortuna Köln, Alemannia Aachen, VFL Bochum, Wattenscheid 09, Schalke 04.

Die meisten Jungs votierten für Düsseldorf oder Mönchengladbach, eigentlich alle. Das fand ich nicht gut. Aus Gerechtigkeitsgründen entschied ich mich daher für einen Verein, den niemand sonst berücksichtigte, schon weil er nicht im Umkreis von 40 Kilometern lag. Einen Verein, der in meiner Heimat keinen einzigen Fan hatte, den niemand mochte oder auch nur erwähnte. Ich wurde Fan von einem Verein, der einfach dringend einen einzigen Fan brauchte. Und so wurde ich 1975 Fan vom FC Bayern München.

1979 beendete ich meine Fußballkarriere, ohne auch nur ein einziges Länderspiel absolviert zu haben. Ich war sehr betrübt, während die deutsche Bevölkerung mitleidlos zur Tagesordnung überging. Gut, ich war erst zwölf und keine Hochbegabung, aber für mich war das ein enormer biografischer Einschnitt. Was mich im Nachhinein dabei sehr tröstet, ist die Tatsache, dass auch bei echten Legenden manchmal nicht jeder Notiz davon nimmt, wenn eine Ära zu Ende geht. Für uns in Europa eher weniger von Belang erschien beispielsweise das Karriereende des neuseeländischen Rugby-Titans Tony Woodcock, der sich bei einem Spiel seiner Nationalmannschaft gegen Tonga einen Muskelfaserriss im Oberschenkel zuzog und für immer das Ei aus der Hand legte. In der rechten unteren Ecke der Weltkarte war deswegen wochenlang der Teufel los, wir hingegen bekamen davon praktisch nichts mit. Ebenfalls weitgehend unbeachtet blieb die Meldung, dass Fler seine Karriere beschlossen hat. Wer? Fler? Das ist kein Sportler, sondern ein Rapper aus Berlin. Er kündigte vor einiger Zeit an, mit dem Rappen ganz aufzuhören. Das Fachorgan »HipHop.de« zitierte ihn mit den weisen Worten: »Wenn man der Krasseste ist und irgendwelche Kackvögel da draußen mehr verkaufen – was soll ich machen, Alter?« Recht hat er.

Zurück zum Sport. Ich blieb auch nach dem Ende meiner Laufbahn dem FC Bayern treu. Später habe ich dann auch festgestellt, dass der FC Bayern München durchaus noch ein paar Fans außer mir besaß, besonders in Bayern. Und in Mün-

chen. Es hätte dort meiner Form der Fan-Gerech-
tigkeit nicht unbedingt bedurft, was aber nicht
bedeutete, dass ich mich einem anderen Verein an
die Brust geworfen hätte. Man kann solche Entscheidungen nicht revidieren. Leute, die so etwas
machen, sind für mich keine richtigen Fußballfans.
Ich gehe also seit Jahren mit meinem rotweißen
Schal ins Münchener Stadion und habe meine Entscheidung von damals nie bereut. Und manchmal
kommt meine Kindheit zurück. So wie im Heim-
spiel gegen Darmstadt vor einiger Zeit.

Da soll in der 51. Spielminute Arturo Vidal zu
Lewandowski flanken. Der winkt, dass er den Ball
rechts von sich haben will. Eigentlich kein Ding.
Aber dann schiebt Vidal den Ball nach links, und er
geht verloren. Der Mann neben mir schlägt sich die
Hand an die Stirn. Patsch. Und ruft: » Nach rechts,
du Depp. Weißt du nicht, wo links und rechts ist? «
Und ich denke nur: Du Armleuchter hast keine
Ahnung, was in so einem Spieler vorgeht. Aber ich,
ich weiß Bescheid.

Nick hat daran, wie gesagt, nur ein geringes Interesse. Manchmal kommt er mit ins Stadion, weil er
den Torjubel mag. Eigentlich hätte er gerne nur
Torjubel, aber das ist beim besten Willen nicht

machbar. Manchmal versuche ich auf dem Heimweg, mit ihm ins Gespräch zu kommen, aber das ist gar nicht so einfach, denn im Moment macht er ausschließlich säftelnde Scherze. Ernsthafte Gespräche sind kaum möglich. Als ich neulich mit ihm Grundsatzfragen der Hygiene erörtern wollte, neigte er den Kopf um ungefähr 160 Grad und sagte: »Von andersrum betrachtet, sieht es aus, als wärst du gut gelaunt.« Manchmal lauert er mir im Flur auf und stürzt sich von hinten auf mich. Und er nennt mich beharrlich entweder »Opfer« oder »Knecht«.

Früher hat er viel aus seinem Leben erzählt, aber das ist vorbei. Er redet nicht mehr von selber. Jedenfalls nicht mit dem Knecht. Wenn ich nicht dabei bin, spricht er hingegen flüssig und ausführlich. Das weiß ich, weil ich ihn bisweilen belausche, wenn er mit seinem Freund Finn in der Küche steht und Brotscheiben toastet. Die beiden vernichten mühelos eine Packung Toast innerhalb einer halben Stunde und spielen dabei ein inhaltlich ziemlich fragwürdiges Spiel, dessen Kreativität jedoch zu würdigen ist. Das Spiel heißt »Würdest du lieber?« und beginnt damit, dass Finn beispielsweise sagt: »Würdest du lieber einen Hundehaufen essen oder einen Zungenkuss mit Frau Falk machen?« Frau Falk ist die Erdkundelehrerin, und sie ist nicht unbedingt dringender Bestandteil jugendlicher MILF-Träume. Nick antwortet: »Wie groß ist der Hundehaufen, und wie lang dauert der Kuss?« Der Toast springt raus, zwei neue Scheiben werden eingeschoben, danach sagt Finn: »Es ist ein Schäferhundehaufen, und der Kuss dauert eine Minute.« Man hört, wie ein Messer über den Toast kratzt. Schließlich sagt Nick: »Okay. Zungenkuss mit der Falk. Ich bin dran.«

Dann kommt Nicks Frage: »Würdest du lieber nackt mit der U-Bahn von der Münchener Freiheit bis zum Marienplatz fahren oder in der Schulcafeteria einen Pudding vom Boden lecken?« Finn entscheidet sich für die U-Bahn, weil ihn dort womöglich niemand kenne. Außerdem liege auf dem Zielbahnsteig ein Mantel bereit. Die Prüfung findet er nicht so schlimm. Klack. Toast raus, klick, Toast rein. Finn fragt: »Würdest du lieber eine Stunde lang auf dem Schulhof Lieder von Helene Fischer singen oder dir öffentlich mit einem Laubrechen selber ein Muster auf den Hintern ritzen?« Ich glaube, ich höre nicht richtig, zumal sich Nick spontan für den Rechen entscheidet. Aber die Begründung gefällt mir dann wieder: Nick kratzt sich lieber den Hintern mit einem Drahtrechen, weil er, um Lieder von Helene Fischer singen zu können, diese vorher mehrmals anhören müsse, was ihm entschieden mehr Schmerzen verursache als das bisschen Gekratze auf seinem Po.

So geht es immer weiter. Zwischendurch lachen die zwei und klingen wie Beavis und Butthead, die in ihrer Serie auf MTV früher ähnliche Themen besprachen und dabei ein ziemlich erbärmliches Bild von keimender Männlichkeit abgaben. Ich sehe auf die Uhr und stelle fest, dass ich seit einigen Minuten mit unserer Tochter Carla in ihrem Zimmer verabredet bin. Sie kann besser für die Schule lernen, wenn jemand bei ihr sitzt. Ich muss dabei gar nichts machen, bloß da sein. Das hält sie vom Aufschieben und Zeitvertrödeln ab. Helfen könnte ich ohnehin nicht, denn ich bin altersblöde. Ich setze mich also in ihren Ohrensessel und lese, während sie sich mit der DNA-Replikation beschäftigt. Zwischendurch flucht sie leise, weil sie nicht einsieht, dass sie sich mit Chromosomen, Zygoten und diploiden Zellen abplagen muss, während das Leben gleichzeitig die Chance eines Milchkaffees mit Keksen bietet. Aber sie hält tapfer durch.

Nick kommt verbotswidrig herein und überreicht schweigend eine Hitliste seiner Lieblingsbegriffe, die ich sehr gut finde und die das komplette Weltbild eines Mannes von vierzehn Jahren widerspiegelt. Hier ist sie: Auf Platz fünf rangiert »Lümmel«. Platz vier: »Sacksuppe«. Platz drei: »Penis«. Auf Rang zwei hält sich seit Wochen »Dingdong«. Und auf dem ersten Platz »Knickknack«. Dann geht er wieder raus. Carla liest den Zettel, schüttelt den Kopf und sagt: »Wenn man bedenkt, dass die Männer hinterher Karriere machen und über das Wohl und Wehe dieser Welt entscheiden, dann kann einem echt mulmig werden.« Dem habe ich als besorgter Vater und Mann nichts entgegenzusetzen. Die Welt kann froh sein, dass es Frauen gibt.

IM PUBERTIERLABOR:
PAUSENBROTFORSCHUNG

Eine Umfrage unter den Eltern in der Umgebung des Pubertierlabors hat ergeben, dass es sehr unterschiedliche Gebräuche bei der Herstellung von Pausenbroten gibt. Der Versuchsleiter hat sich eingehend damit befasst, weil die Beobachtungsobjekte Carla und Nick beständig an der Beschaffenheit ihrer Pausenbrote herumnörgeln, welche ihnen mit Liebe und unter Zuhilfenahme von hochwertigen Lebensmitteln schultäglich zubereitet werden.

Nach der eingehenden Verhaltensforschung im Umfeld des Labors kommt der Versuchsleiter zu dem Schluss, dass seine Probanden es sehr gut haben. Anderswo gibt es entweder gar keine Brote mehr, weil man die Kinder für zu alt hält. Oder es gibt immer dasselbe, was den Kindern langfristig ein Gefühl von Ausgeliefertsein vermittelt und zu einer Art Pausenbrothospitalismus führt, der sich in gleichgültigem Mümmeln ausdrückt. Hinzu kommt fehlende Geschmacksbildung: Wer immer nur Analog-Edamer isst, wird die Qualität eines reifen Stilton oder Roquefort nicht schätzen lernen.

Der Versuchsleiter und seine Gattin setzen daher seit Jahren auf Qualität und zaubern Tag um Tag kleine Pausenkunstwerke. Mehrstöckige Brote mit Putenbrust und Ei zum Beispiel. Oder ein architektonisch fragiles Gebilde aus angetoastetem Schwarzbrot, Senf, zwei Sorten Käse und Tomaten, zusammengehalten von einem Zahnstocher. Dazu gibt es geteiltes Obst und manchmal sogar entkernte Trauben. Auch Müsli wurde schon mitgegeben oder Rührei im Brötchen mit Schnittlauch und Speckwürfelchen. Was man alles macht, damit die Kinder später keine Banken überfallen und sich dabei auf ihre traurige Kindheit berufen.

Dennoch wird das Speisenangebot des Öfteren harsch kritisiert. So bezeichnete Nick ein halbes Brötchen mit Zwiebelmett als »Bauarbeitermarmelade«. Den Honig auf seinem Rosinenbrot nannte er »verdammte Bienenscheiße«, die Fenchelsalami beschimpfte er als »Mafiagurke«.

Trotz der zum Teil heftigen Anfeindungen seiner Pausenbrotpolitik hat der Versuchsleiter bisher angenommen, dass seine Ware in fatalistischem

Hungerwahn letztlich immer verzehrt wurde. Dies hat sich jedoch als unzutreffend herausgestellt. In der vergangenen Woche entleert er die Sporttasche des männlichen Pubertiers und entdeckt darin eine Plastikdose mit einem in Verwesung befindlichen Butterbrot sowie geschälten Möhren und Tomaten, die sich im Zuge ihrer Kompostierung bereits zu einem graugrünen Gemüse vereint haben.

Dies führt zu einem längeren Gespräch mit beiden Pubertieren, in dessen Verlauf sie zugeben, bereits seit Monaten die Kreationen des Versuchsleiters nicht mehr zu essen. Der beleidigte Versuchsleiter erwägt daraufhin kurzzeitig, den Kindern einfach morgens jeweils drei Euro in die Hand zu drücken, damit sie sich irgendwas kaufen. Allerdings führt dieses Verfahren bekanntermaßen zu rauschhaften Ernährungsgewohnheiten bei Pubertieren. Beispielgebend hierfür ist die Familie Baumann in der Nachbarschaft. Dort erhalten die Kinder Essensgeld statt Pausenbrote. Die Kinder leben im Wesentlichen von PomBär und Spezi, die von einem ruchlosen Kioskmann unweit der Schule verkauft werden. Der Kerl fährt einen goldenen Mercedes.

Nachdem der Versuchsleiter die Auszahlung von Essensgeld verworfen hat, fragt er seine Beobachtungsobjekte, was sie sich zukünftig wünschen, und zu seiner Verwunderung erbitten sie dringend die Beibehaltung der bisherigen aufwändigen Praxis. Diese verleiht ihnen nämlich einen enorm hohen sozialen Status innerhalb der Peer Group. Es stellt sich heraus, dass Carla und Nick täglich die Wunderwerke ihres Vaters gegen banale Käsestullen, Bananen und Teewurstbrötchen von ihren Freunden eintauschen. Carlas Sitznachbar Felix schätzt besonders die Roastbeef-Tomaten-Variationen. Nicks Kumpel Finn freut sich regelmäßig über das Gorgonzola-Birnen-Rucola-Sandwich. Es scheint so, als sei der Versuchsleiter im gesamten Freundeskreis ausgesprochen bekannt und beliebt. Der überaus geschmeichelte Versuchsleiter wird das Verfahren bis auf Weiteres beibehalten, denn er mag es, von jungen Menschen geschätzt zu werden. Auch wenn sie nicht seine Kinder sind.

DIE KLASSENFAHRT

Ich sage nur: Manderscheid! Manderscheid! Und
noch mal Manderscheid. In Manderscheid in der
Vulkaneifel kann man wandern! Es gibt eine Burg,
Kraterseen sowie eine Wachsmanufaktur und: ein
Wacholderschutzgebiet. Man muss sich keine Sorgen machen, dass der Ort zu aufregend sein könnte.
Ich weiß das, weil ich schon einmal dort war.
Auf Klassenfahrt. In den Achtzigerjahren. Manderscheid war dann auch mein Vorschlag für die Klassenfahrt unseres Sohnes. Ich wollte in Wahrheit gar
nicht, dass sie dorthin fahren. Aber ich musste halt
einen Ort vorschlagen. Ulrich Dattelmann, der dik-
tatorische Elternsprecher, hatte eine Rundmail ver-
schickt, in der er Ziele einforderte, die man auf
dem Elternabend diskutieren könne. Weil fast alle
anderen Eltern Berlin nannten, brachte ich nur so
zum Spaß Manderscheid in der Vulkaneifel ins
Spiel.

Gestern Abend fand dann der Vorbereitungsabend statt, an dem ich teilnahm, weil Sara zum Yoga musste. Sie war vorher noch nie beim Yoga. Komisch. Die Veranstaltung wurde von Dattelmann moderiert, der eine Agenda mit nicht weniger als 34 Punkten abzuarbeiten gedachte. Er bestimmte mich als Schriftführer, weil ich erwiesenermaßen für nichts anderes zu gebrauchen sei, und ich folgte, weil er damit recht hat. Jedenfalls bin ich deshalb über den Ablauf des Abends gut informiert und kann berichten, dass wir nach eineinhalb Stunden bereits drei Tagesordnungspunkte absolviert hatten. Demnach würde es auf der Fahrt keinen Alkohol geben, obwohl in der Klasse bereits zwei Jungs sechzehn sind. Deren Eltern wiesen darauf hin, dass ihre Kinder benachteiligt würden, wenn sie nicht, wie vom Gesetz vorgesehen, saufen dürften, wurden aber überstimmt.

In Punkt zwei wurde die Nutzung von Handys geregelt. Die Diskussion dauerte eine Stunde und wurde von Frau Ackermann dominiert, die unaufgefordert ein Proseminar zum Thema Handystrahlen hielt. Schließlich wurde die Einrichtung eines Medienkorbes verabschiedet, in welchen die Kinder täglich um 22 Uhr ihre Telefone abzugeben hätten. Die Eltern von Bernadette bestanden darauf,

dass ihre Tochter am Mittwoch einmal nach 22 Uhr in Australien anrufen dürfen müsse, um ihrem Bruder zum Geburtstag zu gratulieren. Dies wurde ihr von Dattelmann per Dekret gestattet, was einen Einwurf von Herrn Scholz zur Folge hatte, der das ungerecht fand. Sein Sohn könne ja nichts dafür, dass er keine Verwandten in Australien habe. Es wurde abgestimmt und vereinbart, dass alle Kinder am Mittwoch nach 22 Uhr ein Gespräch führen dürfen, egal, mit wem. Auch untereinander.

Punkt drei war schnell durch: Der Lehrkörper wird rechtlich entlastet, falls es zu ungewollten Schwangerschaften kommt. Es sei denn, der Lehrkörper ist aktiv am Zustandekommen von Schwangerschaften beteiligt. Hier konnte man sich schnell einigen, zumal das Plenum den begleitenden Mathelehrer Herrn Pangosius einhellig für vertrauenswürdig, aber nicht für attraktiv genug hielt, um tatsächlich als Schwerenöter in Erscheinung zu treten. Die Schüler nennen diesen armen Mann übrigens seit dreißig Jahren nicht Pangosius, sondern Pangolin. Pangolin ist der zoologische Begriff für Schuppentier. Warum sie ihn so nennen, kann man sich denken.

Gegen 0:56 Uhr, man sprach gerade über Tagesordnungspunkt 34 und den Antrag, ausschließlich veganes Essen für alle zu bestellen, meldete sich Herr Schreiner und erklärte, er wolle noch einmal grundsätzlich über die Reiseziele reden. Zur Debatte stand zum einen Lloret de Mar. Diese Destination wurde aber schnell abgewählt, als herauskam, dass sie von einem Vater vorgeschlagen worden war, der ein Reisebusunternehmen unterhält und dreimal in der Woche besoffene Sportvereine und Schülergruppen nach Lloret de Mar schaukelt. Auch Amsterdam fiel aus der Wertung, weil es dort so schlechtes Essen gebe, wie Frau Helmhorst ausführte. Der Holländer esse den ganzen Tag bloß Weißbrot, Schokohagelkörner, Vanillepudding und Haschisch, behauptete sie und machte dem Florenz der Niederlande damit den Garaus.

Die meisten Teilnehmer waren ohnehin für Berlin. Auch die Kinder. Sie wollten gerne Selfies am Brandenburger Tor machen, am Prenzlauer Berg spazieren gehen, Mauerreste bestaunen und die Adresse von Bushido rauskriegen, um dort zu klingeln, bis er aufmacht und schimpft. Ein sehr guter Plan.

Doch dann hielt Herr Schreiner ein glühendes

Plädoyer gegen Berlin, das er für verkommen, ultragefährlich und hässlich hielt. Alleine die schlechte Luft werde die Kinder nachhaltig krank machen. »Pseudokrupp«, brüllte er mehrfach und spuckte mir dabei jedesmal das doppelte »P« ins Genick. Eine halbe Stunde lang sprach er und sprach und sprach. Es ging inzwischen auf halb zwei. Alle waren todmüde. Es wurde abgestimmt. Eine Mehrheit sprach sich gegen Berlin aus. Und dann ging plötzlich alles ganz schnell. Dattelmann stellte fest, dass damit nur noch Manderscheid zur Auswahl stünde und automatisch als Zielort feststehe. Damit war die Versammlung geschlossen.

Am nächsten Tag kam unser Sohn wütend aus der Schule. Wenn er den Arsch finde, der ihm Berlin versaut hätte, dann Gnade ihm Gott, sagte er. Hoffentlich verpetzt mich niemand. Naja. Wenigstens wird die Fahrt nach Manderscheid erholsam. Vor 11 000 Jahren ist dort ein Vulkan ausgebrochen. Seitdem ist in Manderscheid absolut nichts mehr passiert.

ARMY OF LOVERS

Nachdem Carla gerade mit Alex Schluss gemacht hat, ist es an der Zeit, ein erstes Resümee zu ziehen, was ihre diversen Lernbeziehungen angeht. Sie steht vor der Volljährigkeit, und alles, was ihr demnächst an Partnerschaften unterläuft, ist zumindest theoretisch nicht mehr mein Bier. In Wahrheit natürlich doch. Schließlich habe ich die Burschen auch in Zukunft am Küchentisch sitzen, wenn sie nicht weiterwissen, von ihr verstoßen wurden oder nicht kapieren, was sie jetzt schon wieder verkehrt gemacht haben. Jedenfalls wurde dem armen Alex gestern gekündigt. Ich wusste es vor ihm, denn ich hörte, wie Carla in einem Telefonat mit Freundin Emma raunte: »Ich glaube, heute schieß' ich ihn ab.«

Woran es lag, kann ich nicht sagen. Ich mochte ihn. Er war freundlich, machte einen klugen Eindruck und sah gut aus. Nach Ansicht meiner Tochter war er aber auch langweilig. Und sie erwähnte einmal, dass sie niemanden brauche, der es ihr immer recht mache. Vielmehr benötige sie jemanden, der ihr auch mal sage, wo es langginge. Ich antwortete, dass ich speziell dafür jederzeit zur Verfügung stünde. Darauf nannte sie mich einen Vater-Clown und sagte, sie frage sich, wie ich überhaupt jemals an eine Frau gekommen sei.

Am frühen Abend verschwand Alex dann aus meinem Leben. Carla traf ihn in der Stadt und kam gegen 20 Uhr nach Hause. Ihren Beziehungsstatus bei Facebook hatte sie bereits in der S-Bahn von »In einer Beziehung« auf »Single« geändert. Sie berichtete, dass Alex die Nachricht gefasst aufgenommen habe, und das konnte ich bestätigen, denn der Junge hatte seinen Status ebenfalls bereits aktualisiert. Carla verschwand in ihrem Zimmer, und ich dachte an die vielen Burschen, die mir in den vergangenen fünf Jahren präsentiert worden sind.

Sie zogen an mir vorbei wie eine Geisterarmee. Da war zunächst Valentin; mehr ein Kinderfreund, mit dem Carla ihren ersten echten Kuss ausprobiert hatte. Sie berichtete, er habe nach Früchtetee und Chips geschmeckt. Wie gesagt, sie waren jung. Valentin ging dann in ein Internat. Als ich ihm

Jahre später wieder begegnete, war er plötzlich drei Meter groß und klang wie Ben Becker. Er spielt Rugby und plant eine Profi-Karriere in den USA. Dabei habe ich doch erst vorgestern mit ihm seine Zahnklammerdose gesucht. Na ja. Dann trat Moritz auf den Plan. Der arme Kerl verwendete mehrere traurige Jahre seiner Adoleszenz auf unser Kind und wurde von Carla fast durchgehend schlecht behandelt. Einmal warf sie ihn raus, weil er aus Versehen bei »How I met your Mother« eingepennt war und schnarchte. Bei anderer Gelegenheit zog er sich ihren Zorn zu, weil er es gewagt hatte, die Frisur von Carlas Erzfeindin Ricarda zu loben. Moritz tat mir immer ein wenig leid, aber ich kenne seine Eltern und glaube, er hatte es mit Carla vergleichsweise gut. Dann machte sie mit ihm Schluss. Wegen Felix, der drei Jahre älter war als Moritz.

Es ist die Höchststrafe für die Jungs, wenn sie durch ältere Geschlechtsgenossen ersetzt werden, die bereits über einen Führerschein verfügen. Moritz bekam auch noch den Horrorsatz zu hören, nämlich dass sie ja einfach so Freunde bleiben könnten, was natürlich nicht eintraf. Felix wurde mir als neuer Klavierlehrer vorgestellt, tatsächlich habe ich jedoch niemals auch nur einen einzigen

Klavierton gehört, wenn er zu Besuch war. Tatsächlich habe ich überhaupt gar keinen Ton gehört, was einen ja verrückt macht. Felix hielt sich aber nicht lange, weil Carla bei ihm zu Hause ein Mannschaftsposter des FC Bayern entdeckte.

Danach kamen in rascher Folge Damir, Adrian, Justus und Nico, die sich in unterschiedlicher Weise als unbrauchbar erwiesen. Damirs schlaffer Händedruck fühlte sich an wie der Griff in eine gestrandete Blumenkohlqualle. Adrian spuckte beim Sprechen wie eine römische Brunnenfigur, Justus sprach einen selbst erfundenen unverständlichen Soziolekt, der jede Konversation unmöglich machte, und Nico war doof wie drei Meter Waschbeton. Es folgte Maxim, ein stiller Junge, der einmal aß, was Carla ihm kochte, und danach nie wieder auftauchte. Und nun also Alex. Doch bevor ich anfangen konnte, ihn zu vermissen, erschien Carla in der Küche und teilte mit, Alex komme gleich noch einmal vorbei. Zum Reden. So einfach sei die Sache nicht. Aha. Sie will tatsächlich mit ihm in Ruhe reden. Ich glaube fast: Sie wird erwachsen.

NICKS CHICKS

Alex scheint seine Kündigung noch einmal abgewendet zu haben, jedenfalls taucht er weiter bei uns auf. Und illustriert mit seinen Besuchen den enormen Unterschied zwischen einem jungen Mann und einem Vierzehnjährigen, der die Mädchensache noch weitgehend vor sich hat. Volljährige Burschen haben sich bereits ein paar Schellen gefangen, wurden bisweilen mehrfach abserviert, mussten schreckliche Lieder oder epische Qualgedichte schreiben, um dann doch nicht erhört zu werden, und haben auf diese Weise schon ein wenig Demut vor dem weiblichen Geschlecht gelernt.

Dem Vierzehnjährigen hingegen fehlt dieser Erfahrungshorizont, und deshalb lässt er sich zu Chauvi-Grobheiten gegenüber Mädchen hinreißen, jedenfalls wenn diese nicht dabei sind. Vor ein paar Tagen hörte ich zum Beispiel unseren Nick zu seinem Freund Finn am Telefon sagen, er werde am Wochenende »ein paar Chicks klarmachen«.

Er klang, als habe er vor, die Belegschaft seiner Hühnerfarm zu vergrößern. Ich fragte mich, wie er das wohl anstellen will. Ich kann mir nämlich gar nicht vorstellen, dass er oder Finn auch nur ansatzweise ein Huhn klarmachen. Nicht einmal bei Wienerwald.

Auf meine Frage, wie er es anzustellen gedenke, ein oder gleich mehrere Chicks zu klären, antwortete er selbstbewusst, er sei die Nummer eins der Klasse, und kein Mädchen komme an ihm vorbei. Dabei reckte er seinen Oberkörper und sah mich an wie ein Shisha-Händler mit Gesichtslähmung. Ich fragte ihn, wo die Hühner-Klarmachung stattfinden solle, und er antwortete: »Na, wo wohl. Bei uns natürlich.« Bei Finn gehe das nicht, weil der eine neunjährige Schwester habe, die ständig dabei sein wolle. Da sei Finn immer etwas unentspannt. Nick hingegen habe eine große Schwester, und die sei am Samstagabend nicht zu Hause. Dasselbe erwartete unser Sohn übrigens auch von Sara und mir.

Der Plan sah vor, dass Nick zunächst einmal Pizza für alle ins Rohr schieben wolle. Man werde dann auf der Couch gemeinsam chillaxen und sehen, was geht. Dies alles untermalt von Klängen

aus Nicks feiner Musiktruhe, die HipHop und Autoscooter-Techno beinhaltet. Das klang unwahrscheinlich aufregend für mich. Ich regte an, vielleicht das Musikprogramm noch durch irgendwas zu ergänzen, was Mädchen gerne hören, zum Beispiel Cat Stevens. Oder Kajagoogoo. Kannte er beides nicht und sagte, ich hätte, was Mädchen angeht, nicht genug Swag, um ihm Ratschläge zu geben. Gut, da hat er absolut recht. Als ich ihn trotzdem noch darauf hinwies, dass eine astreine Körperhygiene absolute Voraussetzung für das Klarmachen von Chicks darstelle, warf er mir einen mitleidigen Blick zu und verwies auf die eindrucksvolle Batterie von Duschgelflaschen und anderen chemischen Keulen, die in unserem Badezimmer unheilvoll oszillierend auf ihren Einsatz warten.

Am Samstag um halb sieben gingen Sara und ich aus dem Haus. Nick, Finn und ihr Kumpel Aziz saßen in Nicks Zimmer vor dem Rechner und rochen wie eine Douglas-Verkäuferin. Kurz vor Ladenschluss. Am letzten verkaufsoffenen Samstag vor Weihnachten. Sie warteten auf Chiara, Lena und Anna, die gegen 19 Uhr von Lenas Vater angeliefert und gegen 22 Uhr wieder abgeholt werden sollten.

Sara und ich fuhren in ein Restaurant, um uns ebenfalls einen romantischen Abend zu machen, was auch die meiste Zeit über gelang, jedenfalls bis zu dem Moment, als Sara vor Lachen vom Stuhl fiel. Vorher hatte sie mir zugeraunt: »Hier bekommt man gar kein Weihnachtsgeschenk.« Ich wunderte mich ein wenig über diesen Satz und antwortete: »Ja, klar. Warum auch?«

»Na, das ist ja eigentlich eine Selbstverständlichkeit.«

»Findest du? Im Juni?«

»Was hat das denn mit der Jahreszeit zu tun?«, fragte sie irritiert.

Ich dachte einen Moment nach. Dann sagte ich: »Was hast du eben gesagt?«

»Hier bekommt man gar keinen Wein nachgeschenkt.«

Nachdem sie sich köstlich über meine angebliche Harthörigkeit amüsiert hatte (es war ein lautes Lokal, sie hat genuschelt, ich habe in Wahrheit Ohren wie ein Lachs), malten wir uns aus, wie wohl der Abend zu Hause verlaufen würde, wie dichter Badeschaum aus jeder Ritze unseres Hauses quoll, wie Stroboskopblitze aus den Fenstern zuckten und leicht bekleidete Jugendliche durch den Garten sprangen. Wir wären dann gerne noch länger in der Stadt geblieben, aber das ergab sich nicht, weil wir dafür einfach zu neugierig waren.

Also öffnete ich bereits um halb zehn die Haustür, und es war auf Anhieb ziemlich still. Im Wohnzimmer saßen die drei Mädchen auf der Couch und starrten in ihre Smartphones. Aus Nicks Zimmer dröhnte dann Jungsgebell. Nick und seine Freunde saßen vor dem Computer und bauten irgendwas bei »Minecraft«. Dreißig Minuten später waren die Mädchen weg. Nicks Bericht fiel sehr knapp aus. Nach der Pizza seien ihm und den anderen die Gesprächsthemen ausgegangen, und von den Mädchen sei gar nichts gekommen. Also haben die Geschlechter sich getrennt voneinander amüsiert. Er sei ein wenig enttäuscht, weil die Mädchen so unlocker gewesen seien. Am nächsten Tag rief Lenas Vater an. Er berichtete, dass Lena, Chiara und Anna sich extra hübsch gemacht hätten, der Abend sei dann aber irgendwie in Sprachlosigkeit versandet und die Jungs irgendwie süß, aber ziemlich gehemmt gewesen. Chicksklarmachmäßig ist noch Luft nach oben.

SO LANGSAM BIN ICH RAUS

Es klafft eine Lücke, was sage ich, ein Graben, eher noch eine Schlucht zwischen meiner Selbstwahrnehmung als weiser alter Hipster und der Art, wie meine Kinder mich sehen. Für Nick und Carla bin ich eine schwerhörige, in popkulturellen Dingen abgehängte Schreibmaschine, die ihnen langweilige Ansagen macht und gerne mit ihnen Städtereisen absolvieren möchte. Ich würde ihnen so gerne noch Sachen beibringen. Aber das klappt nicht mehr.

Leider muss ich feststellen, dass ich im Lehrplan stark hinterherhinke. Das Lösen linearer Ungleichungen will mir einfach nicht in den Kopf, Aggregatzustände im Teilchenmodell sind mir ein Rätsel, den Bau einer prokaryotischen Zelle habe ich nicht mehr drauf, und die territorialen Veränderungen und inneren Reformen am Beispiel Bayerns unter Montgelas sind mir irgendwie entfallen. Das gilt auch für die traditionellen Formen der Land-

nutzung im tropischen Regenwald und die Valenz-
strich-Schreibweise.

Carla zieht mich nur noch selten heran, wenn
sie etwas nicht kann. Neulich hatte sie in der Stadt
zwei Studenten gesehen, die in einem Café Backgammon spielten. Das fand sie lässig und fragte
mich, ob ich es ihr beibringen könne. Ich holte das
Brett und begann mit einer Einführung in dieses
schöne Vergnügen. Ich sagte: »Backgammon ist
ein Brettspiel …« »Ach was!?«, sagte Carla genervt. Ich ignorierte diesen Einwurf und fuhr fort:
»Gewonnen hat derjenige, der zuerst keine Steine
mehr im Spiel hat.«

»Warum?«

»Weil das Spiel nun einmal so geht. Wer keine
Steine mehr hat, der hat gewonnen.«

»Normalerweise müsste man gewinnen, weil
man ALLE Steine hat.«

»Willst du das Spiel trotzdem lernen?«

»Von mir aus.«

Ich baute die Grundstellung des Spiels auf und
wollte gerade erklären, in welche Richtung die Par-
teien auf dem Brett zögen, da unterbrach sie mich
wieder und behauptete, ich würde das Spiel total
blöd erklären.

»Ich hasse diesen Ton. Ich bin doch kein Klein-kind. Da habe ich gar keine Lust mehr, das däm-liche Spiel zu spielen.«

Ich versuchte, Backgammon anders zu erklären, aber ich finde, die Möglichkeiten dafür sind sehr begrenzt. Nach einer Weile sagte ich: »Beide Par-teien können mit dem Verdopplungswürfel das Spiel auch früher beenden.«

»Es gibt zwei Parteien?«, fragte sie, und ich wusste nicht genau, ob sie mich gerade veräppelte.

»Ja, wie beim Schach. Das ist doch eigentlich klar«, sagte ich.

»Bei ›Mensch ärgere Dich nicht‹ gibt es vier Spieler. Warum sollte es dann bei Backgammon nicht auch vier geben?«, fragte sie mich. Es ist ein Privileg der Jugend, alles infrage zu stellen, aber es ist sehr zeitraubend.

»Du kannst Backgammon auch mit vierzig Per-sonen spielen, es wird dann bloß etwas unüber-sichtlich«, sagte ich genervt, und sie war beleidigt, worauf wir das Tutorial abbrachen.

Abends kam ich aus meinem Kellerbüro und sah sie mit ihrem Freund Alex am Küchentisch sit-zen bei einer Partie Backgammon. Er hatte es ihr beigebracht. Innerhalb von zehn Minuten. Er ist

163

bei ihr ein gefragter Erklärer. Und ich war zum ersten Mal eifersüchtig auf einen anderen Mann im Leben meiner Tochter.

Ich fürchte, das wird mir jetzt öfter passieren. Ich bekomme Konkurrenz. Und natürlich denke ich manchmal an früher zurück. Wie einfach und schön das Leben war, als die Kinder noch klein waren und ich zu Hause der Größte. Ich glaube, das machen viele Leute. Sobald sie ein Kleinkind oder ein Baby sehen, bekommen sie einen Eisprung. Auch die Männer.

Und es stimmt ja auch. Die Probleme wirkten vergleichsweise klein damals. Die beiden Top-Aufreger im Leben meines Sohnes waren der Rabe im Obstgarten-Spiel und Nils Holgersson im Fernsehen. Nick hatte immer panische Sorge, dass der winzige Nils im Flug von der Gans fallen könnte. Heute spielt niemand mehr Obstgarten. Nick bevorzugt undurchschaubare Computerspiele, die aussehen wie digitales Lego oder in einer fernen Mittelalterzeit spielen. Und er guckt nicht mehr Nils Holgersson, sondern Videos von Snowboardern, die tatsächlich vom Himmel fallen und in riesigen Schneehaufen landen.

Früher war alles toll. Oder stimmt das gar nicht?

Die Wahrheit ist, dass das Erwachsenwerden der Kinder viele Vorteile hat. Zum Beispiel kann mich mein Sohn beim Telefonieren vertreten, was wir schon öfter ausprobiert haben. Fast erwachsene Kinder wissen zudem, wie man nicht verhungert, und rufen den Lieferservice an oder kreieren Mahlzeiten aus Antimaterie, Ketchup und Nudeln. Große Jungen und Mädchen wollen nicht mehr unterhalten werden, im Gegenteil: Sie sind angenehm genügsam, was Kommunikation angeht. So kann man das ja auch mal sehen.

Und außerdem: Als sie klein waren, war das Leben in Wahrheit gar nicht leichter. Sondern schwerer. Viel schwerer. Das Leben war in Wirklichkeit eine Aneinanderreihung peinsamer Verrichtungen und schockierender Erfahrungen. Man vergisst das zu schnell, deshalb muss es hier noch mal aufgezählt werden. Der Kinderwagen zum Beispiel. Einklappen, ausklappen, scheißeschwer das Ding. Und man musste dauernd irgendwelche Räder demontieren, damit er ins Auto passte. Dabei wurde irgendwann unweigerlich der Lack ruiniert.

Und dann diese schrecklichen Umhängetaschen mit drei Windeln, Spucktuch und diesem schauderhaften Milchpulver, für das man mitten in Niederbayern oder an der Ostsee stilles Wasser auftreiben und heiß machen musste. Ebenfalls immer in dieser Tasche die furchtbarste Substanz der Welt: Reiswaffeln! Meine Damen und Herren! Hat das Zeug schon mal jemand ernsthaft probiert? Da bekommt man wirklich Zweifel an den eigenen Kindern. Bis heute kratze ich betonartige, von Nick gut gelaunt eingespeichelte Reiswaffelreste aus diversen Ritzen im Auto.

Überhaupt die Reisen. Natürlich mit dem unvermeidlichen klappbaren Reisebett. Diese verdammten Dinger, deren Gelenke man irgendwie verdrehen musste, um sie aufzuklappen. Selbstverständlich brachen diese Teile auf der dritten Reise, und die Kinder mussten im halb aufgeklappten Bett vor sich hinkauern. Man musste Ersatzteile bestellen. Kostete ein Heidengeld, und irgendwann haben die Kinder das verdammte Reisebett vollgekotzt, was man anschließend nie wieder richtig sauber bekam. Es lag dann immer der Dunst der Verwesung über dem Kinderschlaf.

Dann das Board-Entertainment auf Reisen mit dem Auto. Kindermusik. Ich sage nur: »Anne Kaffeekanne«. Diese Platte hat mich fast wahnsinnig gemacht. Das Einzige, was mich beim 1296ten Abspielen dieser CD am Leben erhalten hat, war die Wunschvorstellung, den Sänger dieser Lieder mit einer Gitarrensaite langsam zu erdrosseln. Und diesen Typen mit der Weihnachtsbäckerei hätte ich gerne in Schweinefett frittiert. Diese Herrschaften haben in mir und vielen Millionen anderer Eltern eine posttraumatische Belastungsstörung ausgelöst, so sieht es nämlich aus.

Und wenn sie jetzt immer noch nicht überzeugt sind, dass früher keineswegs alles besser war und wir es mit unseren Pubertieren heute eigentlich ganz gut haben, dann habe ich hier ein ausgezeichnetes Gegenmittel gegen diesen Irrtum: Gehen Sie in den Keller oder auf den Dachboden, und suchen Sie. Sie werden bestimmt fündig. Irgendwo wird noch einer rumliegen. Ein schöner alter Achter-Legostein. Nehmen Sie ihn. Legen Sie ihn vor dem Zubettgehen vor Ihre Badezimmertür, und vergessen Sie ihn dort. Ich sage Ihnen: Das sind Schmerzen am nächsten Morgen! Da sind Diskussionen über Red Bull und »Call of Duty« ein Kirchentagslied dagegen. Ehrenwort.

Aber es ist sehr menschlich, dass wir uns eher an die guten Zeiten erinnern als an die mühsamen, und das ist auch gut so. Auf diese Weise kann man unverbittert altern. Das steht Sara und mir auch irgendwann bevor. Unsere Kinder werden bald ausziehen, es dauert höchstens noch zehn oder zwölf Jahre. Dann werden wir wieder alleine sein, wir werden sozusagen auf die Partnerschaft zurückgeworfen. Davor muss man keine Angst haben, wenn man sich an ein paar einfache Regeln hält. Es sind meistens dieselben, die schon in der Familienära gegriffen haben. Man sollte sie weiter beherzigen.

Es gibt da zum Beispiel ein Gesetz, das mir wirklich wichtig ist. Es ist aus Vaterstahl geschmiedet, ich habe es erlassen, als das erste Smartphone ins Haus kam. Und es lautet: im Bett und bei Tisch keine Smartphones. Keine Ausnahmen. Natürlich haben die Kinder versucht, diese Regel mit der Zeit auszuhebeln. Aber ich bin unerbittlich. Auch bei meiner Frau. Einmal habe ich ihr vibrierendes Handy absichtlich unter einer Kelle Rotkohl begraben. Der Haufen zitterte dann magisch, und alle haben gelacht. Bis auf Sara. Aber es musste sein, nur so lässt sich in Zeiten ständiger Digitalisierung in Ruhe und Muße speisen. Inzwischen finden wir das alle gut so.

Auch wenn wir ausgehen, befolgen wir die Regel. Die Telefone bleiben in der Hose beziehungsweise in der Handtasche. So wie neulich. Sara hatte einen Tisch in einem frisch mit einem Stern dekorierten Restaurant bekommen. Am Nebentisch saß ein stummes Pärchen. Mann und Frau stierten in ihre iPhones. Sara machte sich über sie lustig und sagte: »Oh Gott, ein Glück sind wir nicht so. Wahrscheinlich schicken sie sich die ganze Zeit gegenseitig Nachrichten, weil sie gar nicht mehr sprechen können.« Wir lachten, und der Kellner kam und brachte die Weinkarte. Während ich hineinsah, dachte ich an das Fußballspiel, das gerade begann. Eines, das ich gerne im Stadion gesehen hätte. Ich besaß auch eine Karte, aber ich konnte nicht hingehen, weil Sara diesen Tisch reserviert hatte.

Ich fragte mich, ob der FC Bayern mit Müller spielen würde. Und ob womöglich ein frühes Tor gefallen war. Ich tastete nach dem Telefon in meiner Hosentasche, und es flüsterte leise: »Hol mich raus, sieh nach, was ist los mit dir?« Im selben Moment nahm mein Über-Ich auf meiner Schulter Platz und wisperte mir ins Ohr: »Untersteh dich, du Lump. Kein Handy am Tisch. Und außerdem hast du dich eben noch über den Kerl am Nebentisch lustig gemacht. Und sieh, wie charmant deine Frau lächelt. Willst du das aufs Spiel setzen?« Ich lächelte zaghaft zurück, bestellte Wein und war unfassbar neidisch auf den Typen am Nebentisch.

Als unser Hauptgang vorbei war, pfiff der Schiri in der Arena zum Pausentee, wie man bei uns in Fachkreisen sagt. Ich überlegte, ob ich mal eben auf die Toilette gehen sollte. Nur, um den Halbzeitstand zu checken. Das fand ich armselig, irgendwie traurig und auch lächerlich. Andererseits: Ich bin ein erwachsener Mann. Ich kann in meine Fußball-App sehen, wann immer ich mag. Geht doch niemanden etwas an. Sara lächelte und sagte, wie toll sie es fände, dass wir beide immer noch einen Abend völlig ohne Medienkonsum bestreiten könnten. Ich nickte, legte mein Handy auf den Tisch und ging auf die Toilette.

Als ich zurückkam, stand sie auf, um ebenfalls den Waschraum aufzusuchen. Sofort nahm ich mein Smartphone in die Hand, aber das Über-Ich, das inzwischen auf meinem Kopf herumhopste, rief mir zu: »Leg es hin! Die anderen Leute im Restaurant halten dich sonst für einen Waschlappen, der sich nicht traut, an seinem iPhone zu spielen, wenn die Frau dabei ist.« Ich legte das Handy wieder zurück. Auf dem Weg ins Parkhaus musste ich Sara wärmen und konnte nicht an mein Telefon. Aber ich schlug ihr vor, dass sie draußen wartete, während ich den Wagen holte. Das sollte mir die nötige Freiheit verschaffen, mal eben nach den Bayern zu schauen. Aber Sara sagte, sie wolle mich in dem dunklen Parkhaus nicht alleine lassen. Während der Fahrt war ich zu stolz nachzusehen. Außerdem erzählte meine Frau eine sehr interessante Geschichte über einen impotenten Optiker und seine vegane Frau, wobei mir die Zusammenhänge nicht ganz klar wurden. Jedenfalls kam ich nicht dazu, das Smartphone zu entsperren und meiner Neugier zu genügen.

Zu Hause gingen wir gleich ins Bett. Dort sind bei uns Handys verboten. Es gibt ja nichts Schlimmeres als Ehepaare, die schweigend nebeneinander im Bett liegen und auf ihre Displays glotzen, anstatt Liebe zu machen oder wenigstens zu zanken. Ich legte mein Handy auf den Nachttisch und dachte mit großer Sehnsucht an Thomas, David und Manuel. Da sagte Sara: »Es ist torlos unentschieden ausgegangen. Du hast nichts verpasst.« Dann machte sie das Licht aus. Ich konnte danach mal wieder lange nicht einschlafen.

JAN WEILER

Jan Weiler, 1967 in Düsseldorf geboren, lebt als Journalist und Schriftsteller bei München. Er war viele Jahre Chefredakteur des SZ-Magazins. 2003 erschien sein erstes Buch »Maria, ihm schmeckt's nicht!«, das zu den erfolgreichsten Büchern der vergangenen Jahrzehnte gehört. Es folgten unter anderen: »Antonio im Wunderland« (2005), »Mein Leben als Mensch« (2009), »Das Pubertier« (2014), »Kühn hat zu tun« (2015) und »Im Reich der Pubertiere« (2016). Jan Weiler verfasst zudem Hörspiele und Hörbücher, die er auch selber spricht. Seine Kolumnen erscheinen in der Welt am Sonntag und auf seiner Homepage www.janweiler.de.

TILL HAFENBRAK

Till Hafenbrak schloss 2009 sein Studium der Visuellen Kommunikation an der Universität der Künste Berlin ab. Seither lebt er als selbstständiger Illustrator in Berlin und arbeitet u. a. für internationale Magazine und Zeitungen wie das SZ-Magazin, M, le magazine du Monde und The New York Times. 2008 gründete er zusammen mit Ana Albero und Paul Paetzel die Edition Biografiktion, wo die drei Zeichner eigene Comicgeschichten und Illustrationen veröffentlichen. 2012 wurde er an der Universität der Künste Berlin zum Meisterschüler ernannt. Mehr Informationen und Bilder gibt es auf www.hafenbrak.com.

INHALT